名もなき本棚

三崎亜記

JN049248

集英社文庫

目次

名もなき本棚

📖日記帳

いつも通りの仕事を終えて、アパートに戻る。郵便受けが不自然に開いていて、なにか大きな荷物が入っていた。取り出してみると、それはずっしりと持ち重りのする紙包みだった。

私の住所と名前が書いてあるが、切手が貼ってあるわけでもないし、宅配便の送り状もついていなかった。つまり、私にこの荷物を渡そうと思った誰かが、直接郵便受けに入れに来たのだろう。

宛名は、ブルーブラックの万年筆で書かれていた。丁寧な楷書の文字。その筆跡からは、友人の顔は浮かんでこなかったし、かといって引っ越して来て日が浅い私には、何かを届けてくれるような近所づきあいもなかった。

リビングのテーブルにひとまず荷物を置く。女の一人暮らしだ。用心するにこしたことはなかったが、好奇心の方がまさって、包みを解いてみた。

中から出てきたのは本だった。立派な革装の、辞書ほどの分厚い本。送り主が誰だかわからないまま、ページを開く。手書きの文字が、小さく横書きで綴《つづ》られていた。

「これって……、本じゃなくって、日記帳?」

ぱらぱらとめくってみる。五、六百ページほどはありそうな分厚いものだったが、日記の文章はその半ばほどで終わっていた。

送り主には見当がつかなかったし、日記帳を送ってくる理由も思い当たらなかった。人の日記を読むのは後ろめたく、気が進まなかったが、中身を見れば誰のものかがわかるかもしれない。そう思って、最初のページを開いた。

日記は、四月二十三日から始まっていた。年号も曜日も書いていないので、何年前の四月かは判断できなかった。書き始めるには中途半端な日付だったが、前の日記帳が四月二十二日で終わってしまったのだろうか。

一日一頁《ページ》の時もあれば、ほんの数行で終わっている時もあった。だが、日付が抜けていることはなく、必ず毎日、何らかの記述があった。読み進めるうち、日記帳の書き手の姿が浮かんでくる。

年齢はおそらく私より少し上の二十代後半、レストランのウエイトレスをしているようだ。休みは不定期で、仕事にはまあ満足している。少ないけれど仲のよい女友達がいて、時にはお酒を飲みに行く。恋人はいない。だけど好きな人はいるようだ……。私は、なんだかエッセイでも読むような気持ちで頁をめくり続けた。

六月四日まで読み進み、私は違和感を覚えた。そこから先は筆跡がまったく違うのだ。しかも読んでいくと、彼女は小さな会社のOLに変わっていた。インテリアコーディネーターの資格取得を目指して勉強中の、映画を観《み》るのが好きな女性だった。仕事や趣味が変わったというわけではなく、どうやら、最初に書いていた女性とはまったくの別人のようなのだ。

しかもその筆跡も九月二十九日で終わり、九月三十日からは、新しい筆跡の日記が書き継がれていた。三人目の彼女は書店で働いているらしく、夜はスポーツジムでの水泳が日課で、二匹の猫と静かに暮らす姿が浮かんでくる。

四人目は年を越した一月十日から、五人目は四月四日からはじまり、やはりそれぞれに違う筆跡で、違う人生の一日一日を書き残していた。

書き継がれた日記は、五人目で終わっていた。最後に書かれた頁を開く。日付は七月十五日、昨日の日付だ。五人目の彼女は、昨日までこの日記を書き、私の郵便受けに日記帳を届けたのだろう。

五人の女性それぞれの、書き始めと、書き終えた日の日記を読み返してみる。変わらない日常のままに始まり、そして終わっていた。他人が書いてきた日記を書き継ぐことへの気負いや戸惑いも感じられず、日記を手離すことへの躊躇《ちゅうちょ》や感傷も読み取れなかった。

そうして今、六人目の書き手として、私はこの日記帳を開いている。ブルーブラックのインクを買って、日々の思いを万年筆で書き綴る。考えてみれば、日記を書くのは小学生の頃の夏休み以来だ。ヒマワリを描いた絵日記を思い浮かべながら、二十五歳の私の日常を文字にしてゆく。満員電車で通勤する日々、顧客まわりの営業、上司との軋轢《あつれき》、女友達との憂さ晴らし、そしてつきあいはじめた彼のこと……。

これといった事件も、華々しい出来事もない、起伏の少ない日常を書き綴るうちに、私は、彼女たちが日記を書き継いでいった理由が、おぼろげにわかる気がしてきた。

それは、この日記帳が、決して特別ではない私たちの日々が、「それほど捨てたものじゃないんだ」と思わせてくれるからだ。「生きる」というほど大げさではない、ささやかな毎日の喜びやぬくもり、そして悲しみや苦しみすらもが愛《いと》おしく感じられる。決して輝かしくはないが、それは小さくとも確かな、「日々の営み」なのだ。

いつか私も、この日記を手離す時が来るのだろう。それは自分の意志かもしれないし、他のきっかけがあるのかもしれない。もしかすると、日記自身が決めることなのかもしれない。だけど、最後のその日も、変わらぬ日常を記して、私はそっと日記帳を閉じるだろう。そして、見知らぬ誰かの郵便受けに届けるのだ。書き継いでくれることを祈りながら。

七人目の書き手に手渡すその日まで、私は書き続けよう。賞賛も栄光もない、名もなき一人の女の「日々の営み」を。

部　品

朝から、何かが喉につかえたように感じていた。

痛みはないので風邪の症状ではなさそうだし、喉に負担を与えた覚えもない。

それで、僕はさして気にも留めずに家を出て、職場に向かった。

通勤電車の車内で、つり革に伸ばした手を時折喉にあて、何度か咳払《せきばら》いをしてみるが、改善される兆しはない。目の前の女性が、僕の様子を見て風邪と思ったのか、あからさまに顔を背けた。周囲の乗客たちも、皆それぞれに何か疾患を抱えているとでもいうかのように、押し黙って暗い顔をしている。

会社に着き、仕事をするうち、次第に異物感が高まってきた。

それは明らかに、通常とは違うなにものかが、喉に「ある」感覚だった。もはや仕事どころではなくなってきた。第一、このままでは電話もかけられない。

僕はトイレに駆け込み、洗面台で水を流しながら、思い切り咳《せ》き込んだ。

何度か繰り返すうち、ふっと喉が軽くなる感覚があった。その瞬間、何かが喉から飛び出し、洗面台に転がりだした。手を伸ばす暇もなく、それはすぐさま水流に巻き込まれ、排水口へと落ちてしまった。僕の目の前にあったのは一瞬のことだ。

明らかに、金属質な音だった。

それは、何かの部品の一部のようだった。


僕は昼休みに、会社近くの病院を訪れた。かかりつけの病院があるわけでもなく、診察してくれた医師も、もちろん初対面だった。

「どうされました？」

白衣を着た医師は、着ている白衣のままの漂白されたような表情で、僕に向き合った。

「実は、部品を一つ失ってしまったみたいなんですが……」

医師は、表面上は何の感情も表さなかった。

「失われた部品というのは、今、お手元にお持ちですか？」

僕は部品を排水口に流してしまった事情を説明した。

「困りましたね……」

手元のカルテに、僕には単なる落書きにしか見えぬ記号を走り書きした医師は、再び顔を上げた。

「新聞などでご存じとは思いますが、最近、部品の闇取引が問題になっておりまして、該当部品との交換でなければ受け付けられないよう、法律が改正されているんですよ」

そんな社会状況とは露ほども知らなかったが、医師は知っていて当然のごとくに話すので、頷《うなず》かざるを得なかった。

とはいえ、自分の身体《からだ》のことだ。そんなことであきらめるわけにはいかない。

「実際に身体の該当部分を調べて、部品がなくなっていることが確認できれば、補充していただけるんでしょう？」

「それはもちろんできますが……。部品番号はわかりますか？」

僕は喉をさすりながら首を振った。部品は一瞬で目の前から消えてしまったのだ。番号を確かめる暇などあるはずがなかった。

「なくなった場所を調べるのも含めて、検査をしてもらうことはできますか？」

「調べることは可能ですよ。ですが……」

医師は慣れた手つきで、戸棚からファイルを取り出した。差し出されたのは、パーツごとの検査手数料の一覧表だった。

「どうしてこんなに高いんですか？」

そこに並ぶ数字は、僕の予想より一つ桁が多かった。三ヶ所も調べれば月給が飛んでいきそうだ。医師は、僕が簡単に考えていたことを咎《とが》めるように、眉をひそめた。

「単純に取り出して、調べて、元に戻すというわけではありませんからね。人の身体のことですから。車を修理するのとは訳が違います」

あきらめ混じりに首を振り、ファイルを返す。医師は、しばらく僕を無表情に見つめていた。

「部品の構造上、故意に取り外さない限り、一部が欠落するという状態は、あり得ないんですよ」

「あり得ないと言われても、現実に僕は……」

疑われているように聞こえ、憤りに声を詰まらせるが、医師の表情から、疑わしげな眼差しが消えることはなかった。僕には、その疑いを払拭する術《すべ》はないのに。

「このまま、部品がないまま生活していくと、何らかの影響が生じるんでしょうか？」

医師は、僕の質問には答えなかった。そして、診察の終わりを告げるように、同じ言葉を繰り返した。

「部品が一部だけ欠落することは、あり得ません」


結局、医師からは何の処置もされず、もちろん薬を出されることもなく、僕は会社に戻った。

改めて全身の感覚を確かめてみる。朝からの喉の異物感が消えた今となっては、身体のどこにも異状は感じられなかった。だが、素人考えではあるが、本当に部品が欠落したのならば、必ず何らかの影響が現れてくるように思えた。

自分なりに調べてみようと、駅近くの大型書店の医学書コーナーで、専門書をめくってみる。部品の欠落した場合の身体に与える影響について調べてみたが、関連の症状は何も見つけ出すことができなかった。

そもそも、部品が欠落した状態自体が、想定されていないのだ。考えてみれば、今までに周囲に「部品を落とした」という人の話を聞いたことはなかった。

多少の不安を感じながら、それからしばらく身体の調子を確かめていたが、特に何か不具合を感じることもなかった。日付と曜日が変わるだけで、入れ替わってもまったく区別がつかないような、単調で平凡な仕事の日々が続いた。

僕は次第に、部品を落としたというのは、錯覚だったのではないかと思い始めていた。


彼女と会うのは二週間ぶりだった。

いつもの待ち合わせ場所に、いつもの時間に向かう。今日は、彼女の方が先に来ていた。

人混みの中から手を振ると、彼女は僕に気付き、顔を向けた。

いつもならすぐに笑顔を浮かべて、大げさなくらいに手を振り返す彼女だったが、今日は様子が違う。一瞬だけ合った視線をすぐに逸《そ》らし、怪訝《けげん》そうな表情で自分の周囲を見渡した。

「どうしたんだ？」

前に立つと、彼女は、警戒するように一歩退いた。

「何かご用ですか？」

彼女の言葉を、僕は冗談と受け止めた。いや、受け止めようとした。だが、彼女の言葉があからさまに他人に向けたものだったので、僕は中途半端な笑顔を浮かべたまま、表情を凍らせてしまった。

「あっ……。ご、ごめんなさい」

長い時間に感じられたが、その時間は、実際は一秒にも満たなかっただろう。彼女は突然、僕を「思い出した」かのように、ひどく狼狽《ろうばい》していた。

「何でだろう？　まったく違う人に見えちゃって……」

「仕事で疲れてるんじゃないかい？」

「うん……、そうかな」

連れだって歩きながらも、彼女が時折僕の横顔を、まるで何かを確かめようとするかのように見つめているのが、少し気になった。

何度か二人で行ったレストランで食事をする。

会話をしていても、何か違和感があった。

二年も付き合った仲だ。自分の言ったことに、相手がどう反応するかはおおよそわかっている。それは彼女の方も同様だろう。

だが今日は、様子が違った。いつもなら盛り上がる話が、彼女の一言の返事で終わってしまったり、逆に何でもない話に彼女がむきになって議論になったりと、どうもしっくり来ないのだ。

まるで、歯車が噛《か》み合わないような……。

――歯車……。部品？

僕はその連想から、しばらく忘れていた自分の身体の部品のことを思い出した。もしかしてこの違和感は、僕が失ったかもしれない部品のせいなのではないだろうか。

だが、そんなことはあり得なかった。身体の中の部品が、僕と彼女との仲を取り持つ機能など、持っているはずがないのだ。

僕は気を取り直し、彼女の手を握った。

「なんだか、いつもと様子が違うね。何かあったのか？」

彼女は僕の手をゆっくりと、それでもはっきりとわかる拒絶の意思をこめて払いのけた。

「いつもと違うのは、あなたの方よ。一体どういうつもりなの？」

静かな怒りをぶつける口調だった。僕はどう反応すればいいのか判断がつかずに、呆《ぼう》然《ぜん》として彼女を見つめた。

そのことが一層、彼女の癇《かん》に障ったようだった。

「私、帰るね」

そう言い捨てると、彼女はバッグを手にして、一秒でもこの場にいたくないとでもいうかのように立ち上がった。

僕は引き止める術もなく、遠ざかる後ろ姿を見送るしかなかった。


僕の部屋に刑事が訪ねてきたのは、それから一週間ほど経《た》ってからだ。部品の闇取引を行う非合法組織が摘発され、その顧客名簿の中に、彼女の名前が含まれていたのだという。

彼女は警察に勾留され、彼女と親交のあった人物ということで、僕も事情聴取を受けた。簡単な調書を取られただけだったが、解放されても心は晴れなかった。最後に会った夜の彼女の様子を思い出し、その不可解な行動に、何らかの理由を求めずにはいられなかった。

僕は会社の昼休みに、再び医師の元を訪れた。医師は、僕のことを覚えていてくれた。

「その後、どうですか、身体の調子は？」

「それが……」

僕は、彼女との仲違《なかたが》いのことや、彼女が違法な部品取引をしていたことを明かした。

「もしかすると、僕や彼女の部品が関係しているのではないのでしょうか？」

思ったとおり、医師は私の考えを一笑に付した。

「部品に、そんな精神面に与える影響はありませんよ」

「ですが、僕にはそれ以外、行き違いの理由が、まったく思い浮かばないのです」

医師は表情に笑いを残したまま、思ってもみなかったことを口にした。

「それに、おそらくあなたの恋人の部品には、何の変化もなかったはずですよ」

「それは……、どういうことですか？」

医師は、秘密を打ち明ける風に声を落とした。

「あの組織は、部品の闇取引で高額な料金を請求していましたが、実は、顧客に対して、何らの処置も施してはいなかったんです。全身麻酔で眠っている間に処置されたと、顧客は信じ込まされていたというわけです」

テレビや新聞では、そうした事実には一切触れられていなかった。

「ですから、あの組織が摘発されたのは、許可なく部品をやり取りしたからではなく、何ら処置をすることなく高額な料金を取っていた、詐欺行為での立件なんですよ」

医師の興味は、詐欺行為を行った組織ではなく、僕の彼女が部品取引で捕まってしまったことにあるようだった。

「はっきり言って、私たち医者にはわからないのです。なぜ、人々が部品に対して興味を持つのかが」

「それは……、やはり部品を外したり、加えたりすることによる、何らかの変化を求めてのことではないのですか？」

医師は、僕の疑問に、どう答えたものかとしばらく考えていた。

「そうですね。医学的知識のない人々にとっては、部品というものは、そうした幻想を抱かせてしまうミステリアスな対象なのかもしれませんね」

「幻想……ですか？」

話の帰趨《きすう》が見えず、僕は医師の言葉をなぞる。

「ええ。かつて、私たちの身体に部品というものが一つもなかった頃には、巷《ちまた》には様々な違法薬物が存在しました。昨今の部品に寄せる人々の関心は、当時の薬物へのそれとよく似ています。ですが、そうした違法薬物の使用には、はっきりとした精神面、身体面での効果が期待できました。例えば、精神的高揚や、酩酊《めいてい》感覚、性行為の際の快感増大などです。しかし、部品を増やしたり減らしたりしたからといって、そのことが身体的、精神的に及ぼす影響というものは何もないのです。人々は一体、部品に何を求めているんでしょうかねえ」

医師は、理解しがたいと言うようにため息混じりに首を振った。

「過不足なく暮らしているのに、この上、部品に何を望んでいるのか……」

医師は独り言のようにつぶやきを漏らす。僕の頭には、医師の言った言葉がぐるぐると回っていた。

「部品を外しても……、僕たちの身体には、何の影響もない……？」

「ええ、そうですよ。一般には知られていませんが、これは医学的に証明された事実です」

医師は、なんでもないことのように言うと、以前と同じようにカルテに意味不明の記号を記した。

「とにかく、あなたへの診断は以前と同じです。部品が一部だけ欠落することは、構造上あり得ません。あなたの恋人も、騙《だま》されていただけで、実際は違法な部品交換はしていないわけですから、すぐに釈放されるはずですよ」

「待ってください」

まだ何か？　とでも言いたげに、医師は僕に向き直る。

「それならば……。外しても、何の影響もないのならば、なぜ、我々は、身体に部品を組み込むようになったんでしょうか？」

「なぜって……？」

医師は、意味がわからぬというように僕をまじまじと見つめ、あきれたように言った。

「それは、必要だからですよ。決まってるじゃないですか」


病院を出た僕は、近くの公園のベンチに座り込んだ。

目の前の広場では、落ち葉を舞い散らして、子どもたちがサッカーに興じていた。その子どもたちすべての身体に、部品が組み込まれているということを改めて考える。

僕たちは、子どもの頃の成長期には二年に一度、大人になってからは五年に一度の部品交換を義務付けられている。僕の質問に、医師があきれるのも当然だった。なぜ、身体に部品を組み込むのか？　そんなことは今時、小学生ですら口にしない疑問だ。

我々が、身体に様々な部品を組み込んで生活するようになって、いく久しい歳月が流れた。もはや、部品の組み込まれていない人間など、どんな山奥や離島の僻地《へきち》にも存在しない。

だが、我々はなぜ、部品を必要とするようになったのだろうか？

部品を身体に組み込んだからといって、寿命が延びたという話も聞かないし、何かの病気が克服されたというわけでもないのだ。

今となっては、誰も存在を疑問視しようともしない「部品」。だが、その存在理由を、僕は誰からも教えてもらったことがなかった。

だけど、そんなものなのかもしれない。自分の身体の中にあるからといって、我々はその器官の役割をはっきりと自覚しているだろうか。心臓や胃はともかく、脾臓《ひぞう》やすい臓といった器官が、生命の維持にどのような形で関わっているのか。医学的知識がない僕には見当もつかない。

だが、意味がわからずとも、そして実際自分の目で見たことがなくとも、それらは僕の中に存在し続けている。その意味では、僕にとっては部品と何ら変わりのない存在である。

見たこともない、そして、効果もわからない部品を身体に組み込んだまま、僕はこれからも生きていくのだろう。

鞄《かばん》を開けて、昨日届いた一枚の書類を取り出した。

――法定部品定期交換（三十歳）のお知らせ――

二十五歳以来、五年ぶりの部品交換だった。一ヶ月以内に所定の交換所で手続きをしなければならない。多少面倒だが、これで少なくとも、自分が部品を失ってしまったことに疑心暗鬼になる必要はなくなるだろう。

頻繁に訪れる場所でもないが、それほど珍しい場所でもない。大方の人にとって、「部品交換所」とはその程度の位置づけであろう。

交換作業自体も、全身麻酔で眠っているうちに終了するし、痛みがあるわけでも、身体に傷が残るわけでもないので、気楽なものである。運転免許の更新の方が、よほど億《おっ》劫《くう》に感じるほどだ。

部品交換を終えた僕は、麻酔切れの少しぼんやりとした気分を追い払うように大きく伸びをして、そのまま交換所の前にとどまった。

あの日以来連絡が途絶えていた彼女から、昨夜急に電話があり、この場所で会う約束をしていたのだ。電話の彼女の声は、不可解な仲違いのことも、警察に勾留されたことも忘れてしまったかのように快活な、普段通りの彼女のものだった。

交換が思ったよりも早く終わったので、僕は手持ち無沙汰な思いで、交換所の建物を振り返った。五年に一度とはいえ、この街のすべての人がここで部品交換を受けているとは思えないほど、こぢんまりとした施設だった。

その姿を見つめるうち、僕は少しずつ不可解な気分になった。

子どもの頃から今まで、何の疑問もなく部品交換を受けてきたが、交換される際にも、実際の部品というものを一度も見たことはなかった。

考えてみれば、国民すべてが部品を組み込んでいるのであるから、その供給量は莫大《ばくだい》なもののはずだ。いまや部品産業は、この国の経済の一翼を担う産業に発展している。

だが、部品を作っている工場というものの存在を、見たことも聞いたこともなかった。

僕は、漠然とした不安に襲われた。そんなはずはないと何度もその考えを否定した。だが、そう自分に強いるほど、その不安はしっかりとした輪郭を持ち、もはや押し留《とど》めようもなかった。

――我々の身体には、本当に部品が組み込まれているのだろうか？

僕は首を振って、その考えを無理に押しやった。

とにかく、交換したことで、部品についての僕の憂いはなくなったのだ。後は、彼女との仲を修復するだけだ。幸い、昨夜の電話の様子だと、彼女は以前のままだった。前回会った時は、たまたまお互いの波長が合わなかっただけなのだろう。

一人の女性が、手を振ってこちらに駆け寄ってきた。思わず周囲を見回したが、女性が手を振る方向にいるのは、僕だけだった。

彼女との待ち合わせの時間だったし、僕がここにいることを知っているのは彼女だけだ。

もしかすると、女性は、僕の彼女なのだろうか？

だが、迫り来る女性には、僕はまったく見覚えがなかった。

見知らぬ女性が、親しげな笑顔を浮かべ、僕の前に立つ。

この女性が僕の彼女であり、そのことが僕に認識できないとしたら、それはなぜだろうか？

いっそ部品のせいにできれば、どんなに気が楽だろう。だが、僕の部品は、ついさっき交換したばかりなのだ。

📖 待合室

ずっと、待ち続けていた。

トランジットで訪れた、北の国の空港だ。二時間の待ち合わせで次の便に乗り継ぐはずが、折からの吹雪で私の乗った飛行機は三時間遅れで空港に到着した。しかも、乗り継ぐべき飛行機はすでに欠航が決まっていた。

窓の外の荒れ模様は、アナウンスに頼らずとも、飛行再開の見込みが立たないことを理解させた。人々はすべてを諦めたように押し黙って座り込んでいた。

「ホワイトクリスマス、と言うほどロマンチックな光景でもありませんね」

隣に座った老人が、ほとんど真横に流れ去る雪を眺めながら、ため息混じりに話しかけてくる。

「そうか、今夜はクリスマスイブなんですね」

時差のある国へ向かっていたこともあって、すっかり忘れていた。待合室の片隅に飾られたクリスマスツリーが、見る者もなく寂しくイルミネーションを点滅させている。

「お嬢さん、どちらかへご旅行ですか？」

私より前から座っていた老人は、よほど無聊《ぶりょう》をかこっていたのだろう。いい話し相手ができたとばかりに、私に興味を向けた。二十八歳にもなって、「お嬢さん」と呼ばれるのは、少し気恥ずかしいけれど。

「いえ……、旅行を終えて、国へ帰るところです」

「そうですか。ずっとお一人で？」

「はい……」

言葉少なな私の態度から何かを察したのか、老人はそれ以上詮索することもなかった。異国の言葉のざわめきに囲まれて孤独を増しながら、窓の外の雪を虚《うつ》ろに眺め続けた。徒労に終わった旅を思い返し、知らず知らずのうちに、大きなため息が漏れる。

彼の訪れた場所を辿《たど》る旅だった。

二年前、紀行文を書くために、彼は旅立っていった。週に一度、見たこともない風景の絵葉書が届けられた。添えられた短い文章から、彼の感動と興奮とが伝わってくるようで、私も一緒に旅行している気分にさせられたものだ。

そろそろ次の絵葉書が届く……。そう考えていると、テレビから私にとっては馴染《なじ》みのある国名が聞こえた。彼の旅する国だ。小さな国なので、その名を耳にすることは滅多になかった。敏感に反応してしまった自分がおかしくなり、誰もいないのに照れ笑いを浮かべてしまう。

テレビは飛行機事故を伝えていた。普段であれば、乗客に自国の人間がいないことを伝えて、すぐに次の話題に移ってしまう類《たぐい》のニュースだ。

画面には、炎上する飛行機の映像の後に、カタカナで記された彼の名前が映し出された。

その瞬間、私の時間は止まった。

そして今もまだ、止まったままだ。

彼は、絵葉書も出せない遠い場所に旅立ってしまったのだ。

彼の「旅立ち」から二年が経ったのを機に、私は旅に出た。絵葉書だけを頼りに現地に赴いた。ホテルのフロントマンに、街角のカフェのウエイトレスに、市場で野菜を売る少年に……。出会ったすべての人に彼の写真を見せてまわった。

彼のことを覚えている人は誰もいなかった。現地の人々が申し訳なさそうに首を振るたびに、私の心は深く沈み込んでいった。

彼を忘れるための旅だった。

誰か一人でも彼のことを覚えていてくれたら、何か一つでも彼の痕跡を見つけることができたなら、彼を忘れることができるような気がしていたのだ。

結局、何の成果も上げられぬまま帰国の途についた。このまま帰っても、以前と同じ、彼の面影を追い求める、時の止まった日々を過ごすことになるだろう。だけど、自分ではどうしようもなかった。

　そういえば、一枚目の絵葉書は、この空港からだった。彼もまた乗り継ぎで訪れたものの、乗り継ぐべき飛行機の航空会社のストライキで足止めを食ったらしい。

　――二十時間待ち。まいった！

　絵葉書には、旅行開始早々のトラブルすらも楽しんでいるかのような文字が躍っていた。彼もこうして椅子に座り、窓の外を眺め続けたのだろう。その時も、雪は降っていただろうか。

　明け方、ようやく雪はやんだ。

　永遠に雪に閉ざされるかに思えた空港も、やっと動き始めた。

　除雪車両が滑走路を動き回り、翼に積もった雪が除去され、凍結防止剤が撒《ま》かれる。

　まるで息を吹き返したかのように、カタカタと案内パネルが回転し、冷たい口調に感じられるアナウンスが、事務的にフライト予定を告げた。

　隣に座っていた老人が立ち上がり、荷物を手にする。

「どうやら、私の方が先に出発のようです」

「お元気で」

歩きかけた老人は、ふと思いついたというように鞄の中を探った。

「そうそうお嬢さん。よかったらこれを」

一冊の本が差し出される。昨日から同じ雑誌をめくってばかりの私を気の毒に思ったのだろう。

「いえ……、でもそんな」

読み込まれた本の様子から、老人のお気に入りの本だろうと思い、遠慮してしまう。

「いえいえ、私の本ではないんですよ」

彼は打ち明け話をするように言った。

「私も、前にこの空港で飛行機を待っていた方から譲り受けたのですから」

「どういうことですか？」

「どうやらこの本はずっと、旅人から旅人へと、手渡され続けているようでしてね」

結局、お礼を言って本を受け取った。そんな風に受け継がれた本であれば、私もまた他の旅人に手渡すことで、その輪に加わるのもいいかな、と思ったからだ。

遠ざかる老人の後ろ姿を見送り、本に眼《め》を落とす。

背が擦り切れ、元の表紙の色が何色だったかも判然としない。いったいどれほどの旅行者の手を経て、私の元にやってきたのだろう。旅が好きだった彼の姿と重なり、微《かす》かに胸がうずく。

そういえば彼は、読み終えた本の裏表紙を開いた場所に、自分の名前を書いていたっけ……。なにげなく裏表紙をめくってみる。

あった……。

「ずっと、待っていたよ」

彼の声が聞こえた気がした。

私は本をしっかりと胸に抱き締めた。

その瞬間、私は確かに、彼のあたたかな腕の中にいた。この本は、彼の代わりに旅をしながら、私と出逢《であ》える時をずっと待っていたのだ。

「隣、空いてますか？」

大きなバックパックを背負った若い男性が前に立ち、老人の去った隣の椅子を指差した。

「ええ、どうぞ」

どうやら、朝一番の便で着いたらしい。重そうな荷物を下ろして、彼は椅子にどっかりと座り込んだ。

「やれやれ、ここで八時間の待ち合わせかぁ」

ため息混じりだったが、声は楽しげだ。トラブルや困難も含めて、旅の醍醐味《だいごみ》として味わおうとするかのようだ。そっと横顔を窺《うかが》う。まだ見ぬ景色や、これから出会う出来事への期待と希望に満ちた瞳だった。旅立ちの日の彼を思い出させる。

本に記された彼の名を指でなぞり、私は小さく唇を噛んだ。そして、意を決して男性に本を差し出した。

「よかったら、この本、お読みになりませんか？」

突然の申し出に、彼は少し戸惑っていた。

「そりゃあ、ありがたいけど。でも、いいんですか？」

「ええ、読み終えたら、またどなたか、旅する方にお渡しください」

彼の残した、たった一つの旅の痕跡なのだ。本当にそれでいいのかと、後悔が頭をもたげる。

だけど私は、様々な旅人たちの思いが行きかう場所で、彼の本に巡り逢えた。それだけで充分だった。思いを果たせなかった彼の代わりに、この本はこれからも旅を続けるだろう。その方が、彼の残した本に相応《ふさわ》しく思えたのだ。

そしていつか旅を終えて、様々な旅人の手を経て、再び私の元に戻ってきてくれる。そんな気がしていた。

アナウンスが、私の乗る飛行機の搭乗開始を告げた。

「それじゃあ、良い旅を」

男性に、そして彼の手にする本に向けてそう言い、私は立ち上がった。

「ええ、あなたも！」

男性が本を胸に抱えて、大きく手を振る。

私は搭乗口に向かい、歩きだした。

朝日が空港の大きな窓越しに差し込み、一面の銀世界が輝きを増す。飛行機が、翼に光を受けながら飛び立ってゆく。

クリスマスの朝だ。

私の時計は今、ゆっくりと動き出した。

ライブカメラ

「すごい雨みたいだね。こっちまで聞こえてくるよ」

電話ごしの激しい雨音が、夫の声までかき消してしまいそうで、受話器を耳に強く押し当てる。

「ああ。明日の朝まで降り続くと、会社に行くのが面倒だなあ」

私の心配など伝わらぬ風で、夫はのんきな声だ。なんだか私一人が気を揉《も》んでいるようで、少し悔しくなる。

単身赴任先で夫が住むアパートは、大きな川沿いに建っている。もう三日も雨が降り続いているらしく、テレビのニュースが、増水した川の様子を短く伝えた。一度訪ねた際には、自然が近いことを羨んだものだが、こうなると心配になってしまう。

お互い二十代後半で結婚して五年。さすがに新婚気分でいつでも一緒にいたい時期は過ぎたが、新居の購入を見計らったかのように転勤を命じた夫の会社に、恨み言の一つも言いたくなる。

「危なくなったら避難するから大丈夫だよ。それじゃあ、明日も早いから。おやすみ」

「うん……、おやすみなさい」

電話を切り、わだかまる気持ちで、受話器を意味もなく見つめる。

離れていると悪い方にばかり考えてしまう。かといって何度も電話をかけるわけにもいかなかった。テレビの気象情報も地方のことまで詳しく教えてはくれない。

「そうだ。もしかして……」

パソコンを開き、インターネットで夫のアパートの近くを流れる川の名前を検索した。思ったとおり、大きな川だったので、河川管理事務所のホームページが見つかった。

トップページでは、五分おきに川の情報が更新されていた。危険水位に達するには、まだまだ余裕があるようだ。それで少しは安心することができた。

画面を消そうとして、河川管理事務所の魚のマスコットの下にある文字を見つけて、手が止まる。

——現在の河川の様子を、ライブカメラでご覧になれます——

上流、中流、下流の三ヶ所の画像が見られるようになっていた。

「ライブカメラか……」

結婚前、夫が一人で海外旅行をした時のエピソードがよみがえる。旅行先の観光地に設置されたライブカメラに彼が映るというので、時間を合わせてパソコンの前で待っていたのだ。映像の中の彼は、私にアピールしようと必死におどけたポーズを取っていたらしいが、時差を読み違えた私は一時間遅くパソコンの前に座り、まったく別の人物を彼だと思い込んでいた。帰国後に話が嚙み合わず、大喧嘩《おおげんか》になってしまった。

「恋人の俺の姿もわからないのか！」

温厚な彼がそんなに怒ったのは初めてだった。だけど、その時の私には確かに、まったくの別人が彼の姿に見えたのだ。今では笑い話にしかならないそんなことを懐かしく思い出しながら、「下流」の画像をクリックしてみる。

夜なので画像は暗く、川の様子を窺い知ることはできなかった。河川管理事務所の屋上からの映像らしく、街灯や、家々の明かりがわずかに光っているだけだった。

「あれ、この建物って、もしかして？」

右端に映っているのは、夫の住むアパートのようだった。どうやら河川管理事務所は、アパートのすぐそばにあるらしい。もう夫は寝てしまったのだろう、部屋の電気は消えていた。

テレビの天気予報で夫の赴任先の様子を確認するのも、すっかり習慣になってしまった。

「今夜は全国的に晴れ間が広がり、絶好のお月見日和になるでしょう」

満月のような福々しい顔立ちの気象予報士が断言したので、私は携帯電話を持ってベランダに出た。思った以上の明るさで、月が夜の街に光を落としていた。

夫の街でも見えているだろうか。さっそく電話をかけてみた。

「ねえ、月がきれいだよ。そっちでも見える？」

「ちょっと待って。見てみるよ」

夫は携帯電話を持ったまま移動しているようだ。窓を開ける音が聞こえる。

「ああ、ホントだ。まん丸だなあ」

「でしょう？　離れていても同じ月が見えるって、当たり前だけど不思議だよね」

同じものを見ていると思うと、離れて暮らしている不安も少し和らぐ気がした。

「ねえ。今、ベランダにいるの？」

「ああ、そうだよ。どうして？」

「ううん、なんでもない」

気取らせぬように部屋の中に戻り、パソコンを開いた。お気に入りに登録しておいた河川管理事務所のホームページを開き、ライブカメラを見てみる。

うまくいけば、ベランダに立つ夫の姿が見えるかもしれない。

月明かりと、まだ夜早い時間であることもあって、前回見た時よりも鮮明な映像が現れた。

マウスを持つ手が止まる。

夫の姿は、ライブカメラには映っていなかった。

それどころか、夫の部屋には明かりが灯《とも》っていなかったのだ。

「今夜は、何をしていたの？」

詮索する風に感じさせないように気遣いながら、尋ねてみる。

「ああ、今日は残業もなかったから、部屋でのんびりテレビを観てたよ」

「そう……」

それ以上問うこともできず、小さな疑念を残したまま、電話を切った。

数日後、再び電話をかけた私は、罪悪感を覚えつつも、またライブカメラをチェックしてしまう。

夫の部屋には、やはり明かりがない。

「ねえあなた、今アパートにいるの？」

「そうだよ。どうして？」

あなたの部屋を見ている、とは言えなかった。ライブカメラをめぐっての喧嘩の記憶も、私に口を閉ざさせた。

夫のアパートには固定電話はなく、携帯電話だけが唯一の連絡手段だった。もしかすると夫は部屋ではなく、まったく別の場所で電話を受けているのかもしれない。だとしたら、なぜそれを正直に言わないのだろう。

無意識のうちに、背後の音に聞き耳を立ててしまい、後ろめたくなる。

それから私は毎晩、ライブカメラを確かめるのが日課になってしまった。もちろん、夫には秘密のままに。

私は、夫が浮気をしているのでは、と疑っていたのだ。

自分がそんなに疑《うたぐ》り深く、嫉妬深い人間だとは、離れて暮らしだすまで思ってもみなかった。学生時代から付き合い始めて、結婚してからもずっと、夫と離れたことはなかったのだ。

電話をかければ、夫はいつもすぐに出てくれた。変わったそぶりもない。でも、そのことが余計に怪しく感じられ、私は疑心暗鬼の日々を過ごした。


ある夜、いつものように電話をしながらライブカメラを見てみると、夫の部屋に明かりが灯っていた。薄いカーテン越しに、動く姿があった。影だけではあるが、確かに夫の姿のようだ。安堵《あんど》に胸を撫《な》で下ろす。

次の瞬間、私は硬直したように動けなくなった。

人影が二つ見える気がする。しかも、一つは女性のようだ。

「あなた……。私に隠していることはない？」

声が硬くなるのを抑えられなかった。

「隠してること？　あ、ああ……。あるよ」

夫の声から、初めて狼狽の気配が伝わる。一気に動悸《どうき》が高まった。

「実は、こっちに来て外食ばっかりだから、三キロも太ったんだ。ズボンをつくり直さなきゃいけないよ」

「そう……」

はぐらかそうとしているとも思えない軽口に、私はそれ以上、追及できなかった。

二つの影が、まるで抱き合っているかのように重なる。

その間も、夫はいつもと変わらぬ様子で、会社であった出来事を話し続けた。

映像の中の夫の姿と、電話の声の夫とが重ならず、私にはもう、どちらが真実の姿なのかがわからなくなっていた。

どこから見ても同じ月の姿が望めるように、私に見える夫の姿も一つしかないと思うのは、はかない願望に過ぎないのだろうか。

電話を切ってからも、私は長い間パソコンの前に座り続けた。

「見なければよかった……」

思いが口をついて出る。

この小さな機械が、全世界と繋《つな》がっている。だが、回線が繋がっているからといって、心まで繋いでくれるわけではないのだ。そんな当たり前の現実が、私をあざ嗤《わら》うようだ。

机に突っ伏していると、携帯電話の振動が、着信を知らせた。夫だった。

「さっきの電話の様子がおかしかったから、気になって」

「……ううん、何でもないよ」

乱れた髪を整えながら顔を上げると、見るまいとしたライブカメラの映像が眼に飛び込んでくる。

ベランダに、夫が立っていた。

間違いようもない、確かに夫の姿だ。

昔、旅先のライブカメラで別人と取り違えたことが嘘《うそ》のように確信できる。私と「繋がっている」人の姿だった。

「なんだか、あなたが遠くに行っちゃった気がして。少し情緒不安定になったのかな」

夫の声が、離れた場所にいる私を労《いたわ》るように、優しく響く。

「まあ、確かに遠くにいるけど。来週にはちゃんと帰るからさ」

「うん。電話ありがとう、おやすみなさい」

「ああ、おやすみ」

温かな気持ちに包まれて、私は電話を切った。

電話を終えてからも、夫はベランダに立って外を眺め続けていた。

さっき恨み言を言ったばかりのパソコンが、私たちを繋いでくれた。謝罪とお礼の意味で、私はパソコンの「頭」を撫でてみた。

映像の中の夫にも「おやすみ」を言おうと、顔を近づける。その時、私は初めて気付いた。

夫は、携帯電話を手にしていなかったのだ。

私は、いったい誰と話していたのだろうか？

夫は、私が「気付いてしまった」ことを悟ったかのように慌てて部屋に入り、電気を消してしまった。

夫の姿が消えると、パソコンはすぐに「夫と私を繋ぐもの」から、ただの機械に戻る。

「あなたは、私をいったい誰に、繋げたの？」

パソコンが答えるはずもない。自ら答えを探すべく、私は、検索キーワードに「ライブカメラ」と打ってみた。

おびただしい数の検索結果が一覧表示された。上から順番に、機械的にクリックし続ける。観光地のライブカメラ。公共施設のライブカメラ。道路の混雑状況を伝えるライブカメラ……。

無数の「今」が、私の前に現れては消えてゆく。

中には、違法に仕掛けられたのか、個人の家の中らしき映像も現れる。見られていることを知る由もない人々の日常が流されている。

ライブカメラの数だけの「今」が、そこにはあった。

だが、本当に彼らは、そこに「いる」のだろうか？

インターネットの張り巡らされた網の目のどこかにある「今」の映像だ。だが私は思うのだ。もしかするとこの中には、まったく存在するはずのない「今」も含まれているのではないかと。

また一つ、部屋の中の映像が現れた。

ベッドの上で、裸の男女が抱き合っていた。天井から見下ろす形で設置されたカメラには、男性の背中が映っている。男性の胸に隠れ、女性の顔は見えない。女性の手が、男性の背中を這《は》う。求めるようでもあり、拒むようでもある。男女の交わりであるはずが、まったく別の行為を見ているようだ。

男性の下から、女性がゆっくりと顔をのぞかせた。

それは、私だった。

だが、私であるはずはない。「今」の私は、こうして部屋で一人、パソコンを見つめているのだから。

それでもなお、彼女は私以外の何者でもなかった。

画面の中の「私」が抱き合うのは、夫ではない、見知らぬ男性だった。「私」は、カメラの存在を知っているようだ。男性の愛撫《あいぶ》を受けながらも、カメラから視線を外すことなく、挑むように、試すように、カメラを見つめ続けた。

まるで、私が見ていることがわかっているかのように。

彼女は、私ではない。

だが、彼女もまた、私だ。

インターネットの複雑に絡まりあった網の目の中のどこかにいる、「私」なのだ。

無意識のうちに指がキーボードの上をさまよう。検索キーワードに、私の名前と「ライブカメラ」とを入力し、「検索」をクリックした。

検索結果は二十件だった。一件ずつ、クリックしていく。

この部屋を天井から映したライブ映像が浮かび上がる。

パソコンの前に座り、不安げに天井を見上げる私。

ゴミの散乱した部屋の隅に、汚れた服でうずくまる私。

そして、腹に包丁を突き立てられ、部屋を血に染めて息絶えた私……。

さまざまな「私」がそこにいた。

一つだけ、違うアングルの映像があった。それは、夫の単身赴任先のアパートを訪れ、いそいそと料理を作る私だった。

「よかった……」

私はすっかり安心してしまった。夫は浮気なんかしていなかった。夫の元を訪れていたのもまた、「私」だったのだから。私はライブカメラごしに、夫の好物を作る「私」を見守り続けた。

📖 確認済飛行物体

未確認飛行物体が、政府の手によって「確認」されてから一年近くが経つ。

それ以来、「未確認」改め「確認済」となった飛行物体は、以前にも増して頻繁に僕たちの前に姿を現すようになった。

昼休み、外での食事を終えて僕が会社に戻る道すがらも、「彼ら」は空で光を放っていた。今朝から数えてもう何度目の飛来だろうか。一体だと思ったそれは瞬時に何体にも分裂し、それぞれが違う光を放って急激に下降して幾何学的な動きを見せ始める。かと思うと、ある場所で何の制動の兆しもなく唐突に静止する。

この星の科学技術では、決して成しえない飛行の軌跡だった。

すぐ目の前で輝いているようにも、はるか成層圏の外から届いているようにも見え、距離をつかませない光だ。

公園のベンチでお弁当を広げるＯＬたちは、光の接近に一瞬だけまばゆげに視線を上げたものの、すぐに日常のおしゃべりに戻っていった。道行く人々も、ぼんやりと見上げはするが、取り立てて話題にしようともしない。

飛行物体は、不思議ではあるが見慣れたものとして、日常の中に埋没してしまっていた。「虹が出ているよ」と指差されて、「ああ、虹かあ……」と五秒ほど眺めて、再び仕事に戻っていくように。

ポケットの携帯電話が振動する。相手を確認しようとして、僕はおかしなことに気付いた。画面には、不自然な記号が並ぶばかりだった。

不審に思いながらも、通話ボタンを押す。

「私です。聞こえますか？」

混線したような奇妙な音に混じって、彼女の声が聞こえてくる。

「なんだか、声が聞こえづらいね」

「やっぱりそう？　飛んでるからじゃないかなぁ」

どうやら、彼女のいる場所からも光は見えているようだ。画面表示や音声の不具合は、飛行物体による電波障害なのだろう。

彼女とは、仕事が終わってから会う約束をしていた。その確認の電話だった。

「それじゃあ、今夜、いつもの場所で」

「うん、じゃあ後で」

聞きなれない言語のような、電子音のような奇妙な音がし続けて、会話もままならない。約束の確認だけをして、早々に電話を切った。

まるでそれを待ち構えていたかのように、飛行物体は遠ざかっていった。

――まったく……

ため息をつきながら、光を見送る。

そういえば、彼女と出逢ったのは、飛行物体が初めて飛来してきた頃だった。

仕事を終え、彼女との待ち合わせの場所へと向かう。

駅前の広場には、白装束姿のスピリチュアル系の団体が陣取り、往来の人々に向けてアピールを続けていた。

「政府は、飛行物体の正体を国民の前に明らかにせよ！」

「国民の前に明らかにせよ！」

「政府は、飛行物体から託された、この星の存亡に関わるメッセージを隠蔽するな！」

「メッセージを隠蔽するな！」

飛行物体が確認されて以来、彼らはずっとあの場所に立ち、自らの主張を声高に叫んでいる。待ち合わせの時間まで五分ほどあった。僕は彼らの活動をぼんやりと眺め続けた。

飛行物体は、政府により「確認」された。

だが、どんな形で「確認」がなされたのかが、国民の前に明らかにされることはなかった。それ故、彼らは叫んでいるのだ。飛行物体に関する情報を国民に提供せよと。

確かに飛行物体の「確認」直後は、政府の情報開示のあり方は「隠蔽体質」として批判にさらされた。だが例によって、うやむやのうちに他の多くの事象の中に埋もれてしまった。世の中では、凶悪な事件や紛争が相次いでいる。空を飛ぶ光が珍しいからといって、いつまでも世間の注目を集めるというわけにはいかない。

同時に、そう目くじらを立てるようなことではないと人々が気付いたせいもある。我々にとっては、「確認された」という事実さえあれば、物体がどこから来て、何をしようが知ったことではないのだから。

「人々よ。飛行物体の訴えから眼を逸らすな！」

「飛行物体の訴えから眼を逸らすな！」

彼らは、飽きもせずに毎日同じ主張を繰り返している。その熱意に反して、向けられた通りがかりの人々の視線は冷淡だ。

それは当然だろう。政府が「確認」した上で、特段国民に対して注意を喚起しようとしない以上、危険なものではないと判断されたのだろうから。疑心暗鬼になる必要は何もない。さほど国民から信頼された政府ではなかったが、最低限の「国民の命を守る」役割くらいは果たしてくれることだろう。

だいたい、彼らも彼らだ。政府に対しての意見ならば、こんな駅前で通行人に向かって主張していても仕方がないではないか。

まあ、そんなことはどうでもいい。そろそろ約束の時間だった。腕時計を確認して、何気なく顔を上げる。

「お待たせ！」

不意に、彼女が目の前に現れた。そう、いつだって彼女は突然に出現する。きっと見つからないように近くに隠れていたのだろう。

「驚いたな。どこから来たんだい？」

僕は驚きと喜びをないまぜにした表情で、腕を広げて彼女を迎えた。彼女はなぜか空を指差して、少し得意げに笑った。

彼女は神出鬼没で気まぐれ、そして奔放だ。会う度に印象が違うし、少し一般的な常識から外れた部分もある。まあ要するに、多分に幼さを残したまま大人になってしまった女性だった。

若い頃ならば、そんな彼女に振り回されて消耗させせられていただろう。三十代も近づき、そんな子どもっぽさも含めて恋人の魅力だと受け入れるだけの度量と人生経験が、今の僕にはある。何より彼女は、そんな欠点を補って余りあるほどに美しかった。いっそ非現実的なほどに。

「それじゃあ、行こうか」

彼女を促して歩きだす。駅前の団体はひときわ声を大きくして、今度は道行く人々ではなく、空の光に向けて訴えだした。

「飛行物体よ！　我々に直接メッセージを与えたまえ！」

「我々に直接メッセージを与えたまえ！」

悲痛な叫びは人々の心には届かず、光を揺るがすこともなかった。誰からも相手にされていないということにそろそろ気付いてもよさそうなものだが。

いや、一人だけ反応を示していた。彼女だ。彼らの方を向いたまま立ち止まり、動こうとしない。

「どうしたんだい？」

「ううん……、なんでもない」

彼らを寂しそうに一瞥《いちべつ》し、彼女はようやく歩きだした。


ホテルの最上階のレストランに向かう。今夜の彼女のご指名の場所だった。

「窓際の席にご案内しましょうか？」

初老のウエイターは、「ご要望を何なりとお申し付けください」という物腰で接した。

「今夜は動きが激しいようですので、多少、眼にうるさくお感じになるかもしれませんが……」

自分のせいであるかのように申し訳なさそうに腰を屈《かが》めるウエイターに、彼女は首を振って笑顔を向ける。

「大丈夫です」

夕陽《ゆうひ》が沈む間際の特等席に案内された。僕たちがその場所に座るのを待ち構えていたとしか思えないタイミングで、飛行物体は一段と激しく動きだす。

音もなくジグザグに飛び交い、夕陽の紅《くれない》に染まるのを拒もうとするかのように、青白い光を放つ。確かに美しくはあるが、目の前をこうもウロウロされると、少し忙《せわ》しなくもある。

「なんだか本当に、何か訴えかけられているみたいな気になってきたよ」

そんな冗談を言って、気を紛らわす。

駅前の団体のように、あれが飛行物体からの警告であると信じている者もいる。この星の命運にかかわる情報を知らせるべく、遠い星から飛来しているのだと。

笑うしかない。

一歩譲って、あれがどこか他の星から、警告やメッセージを携えてやってきた存在だとしよう。つまり、この世界で言えば、「外交団」という位置づけだ。

どこの世界の外交団が、わざわざ不特定多数の市民に対して来訪意図を告げるようなまどろっこしい手段を取るだろう。訴えるべきことがあるならば、政府間交渉に持ち込むに決まっている。彼らとて、それほど暇なわけではないだろうから。

それに、あれほどの飛行技術を持った相手であるとするならば、この星の言語ですらたやすく理解することができるだろう。ただ僕たちの周りをうろうろと飛び回るような児戯に等しい行為でお茶を濁し続けるとは、どうしても思えないのだ。

彼らが何かを伝えようとしてやってきたのであれば、駅前の集団と同様、訴えかける場所と手段を間違えていると言わざるを得ない。

彼女は押し黙ったまま、何かを考え込むように俯《うつむ》いていた。

「どうしたんだい？」

何だか今日は、いつもと様子が違うようだ。もっとも、日によって感情の振り幅が変わる彼女には、珍しいことではなかったが。

「今まで秘密にしていたんだけど」

「なんだい、秘密って？」

女性というのは、「秘密」を抱え、それを深刻な顔をして打ち明けることを好むものだ。それを理解してあげられるくらいには、僕も女性経験は積んできている。

テーブルに腕を置いて身を乗り出し、彼女の「告白」を受け止める体勢になる。

「私は、あれに乗って、この星にやってきたんだ」

彼女の細い指は、窓の外に向けられていた。その先には飛行物体しかなかった。

「お昼の電話も、あの中からかけていたの」

電話の際の「飛んでるから」という言葉は、「飛行物体が」ではなく、「私が」を意味していたらしい。

「この星の電波とは少し波長が違うから、聞こえづらかったでしょう?」

「そうだったのか……」

僕は驚きを押し隠した声をつくり、感嘆のため息と共に押し出す。

「信じていないの?」

「いや、信じているよ。もちろん」

僕の真意を探ろうとするように、彼女は私を見つめ、眼を瞬《しばたた》かせた。

「証拠を見せようか?」

そう言って、何かを念じるような仕草をした後、窓の外に向けて指を動かす。

飛行物体は、彼女の指先の動きに合わせるように動いた。実際のところ、僕は彼女のしなやかな指の動きにすっかり魅了されて、飛行物体の動きについては視野に入ってはいなかったのだが。

「すごいね」

僕は型どおりの感嘆の言葉を漏らした。心を推し量ろうとするように、彼女は僕を覗《のぞ》きこむ。

「やっぱりまだ、信じていないんだね」

悲しげに眼を伏せる彼女に、僕は頃合いを見計らって真剣な表情を向ける。

「信じるとか、信じないとかじゃないんだよ」

ウエイターが、「ご歓談のお邪魔ではないでしょうか？」という表情でやってきて、優雅に赤ワインを注《そそ》いだ。僕はグラスを手にして光をワインに透かす。飛行物体の光は、赤い液体にも邪魔されずに青さを保っていた。

「目の前に君がいるという、それ以上のことに興味を持つ必要はないよ」

恋人ができると、相手の過去や交際相手のことを根掘り葉掘り聞きたがる人物もいるようだが、僕は正反対だ。興味がないというわけではないが、聞く必要性を感じないのだ。目の前にいる彼女を精一杯愛すればいい。そう僕は思っている。過去や素性など関係なく。

「君が過去にどんな男性と付き合っていようが、殺人を犯していようが、もしかして、この星の人間ではなかろうが、僕にとってはたいした問題ではないよ。そんなことは、僕が君を好きになる上での、何の障害にもならない」

こんなセリフは、気障《きざ》にならぬようさらりと言ってのける方が、かえって女性の心には響くものだ。

「そうか……」

納得できたのかどうか、彼女は小さく首を振って、グラスを手にした。

「だけど、私はもうすぐいなくなっちゃうかもしれないよ」

「どうして？」

表面上、驚いた表情を取り繕って、僕はすぐさま問い返す。もちろんこれもまた、彼女なりの恋愛の「駆け引き」の一つであることはわかっていた。

男女の仲とは決して一本調子ではない。思わせぶりなセリフや、わざと突き放す行動で互いの愛情を確認し、牽制《けんせい》しあう。そんなゲームめいたやり取りを経て、恋愛感情はより深まるものだ。会社での事務手続きではないのだから、そんなまだるっこしいプロセスもまた、男女の間には必要である。

「もうすぐ、私たちの仕事も終わるから」

「仕事って？」

そういえば、彼女はどんな仕事に就いていたのだろう。二人の会話にそんな話題がのぼることもなかったので、気にしたこともなかった。

「この星の人々が、私たちの存在を『確認』したように、私たちも、あなたたちのことを『確認』していたの。もうすぐその結論が出るんだ」

その「結論」が、悲しいものであったかのように、彼女は憂いを帯びた表情を見せる。

少し考える。こんな時、恋人としてどんな風に「気の利いた」言葉を返せばいいかを。結論はすぐに出た。テーブルの上に置かれた彼女の手に、僕はそっと手を伸ばす。

「それじゃあ、その任務が終わっても、君だけはこの星に残ってくれることを、信じているよ」

ひんやりとした手の感触が、彼女の存在を遠いものに感じさせた。

彼女は、心の奥を覗かせない静かな笑みを返し、窓の外に眼をやる。いつのまにか飛行物体が音もなく間近に迫り、大きくその身を揺らしていた。まるで誰かを呼んでいるかのように……。

「こんな出逢い方じゃなかったら、もっと別の運命が開けていたかもしれないね」

意味深な言葉を呟《つぶや》く彼女の声が、なぜか遠く聞こえる。

そういえば、彼女と出逢ったきっかけは何だったろう。仕事の関係でもないし、誰かの紹介でもない。それでも彼女は、「いつのまにか」僕の恋人だった。

だがそれも、大した問題ではない。僕にとっては「今」の彼女がすべてだ。

「運命はきっと、どんな道を辿ったとしても、君と僕とを結びつけたはずだよ」

セリフの効果を確かめるべく、テーブルに視線を戻す。彼女は姿を消していた。トイレにでも立ったのだろうが、その忽然《こつぜん》たる消え様には驚くばかりだ。

——やれやれ……

まったく、彼女の心は測りがたい。僕は腕を組み、窓の外をぼんやりと眺めた。飛行物体が一段と輝きを増し、まるでさよならを告げるようにぐるぐると回りだす。

「確認済飛行物体……か」

僕にとっては、恋人の心の中の方が、よっぽど「未確認」だ。飛行物体がどんな形で確認されようが、知ったことではない。


飛行物体が、編隊を組んで空の彼方《かなた》に遠ざかろうとしている。

「もう、通常の思考に戻しても結構ですよ」

ウエイターに扮《ふん》した政府の職員が傍らに立ち、去りゆく光に厳しい眼差《まなざ》しを注いでいた。

「彼らの『確認』も、終了した模様です」

「共に戦うには値しない星だという結論に、至ってくれたでしょうか？」

「大丈夫です」

政府職員は、自信ありげに腕を組んで頷いた。

「彼ら」の到来については、早い段階から「確認」できていた。そして彼らが、この星の住民の意識レベルを調査するべく、複数の「サンプル」と接触するであろうことも。

僕は、その「サンプル」の一人として選ばれたのだ。

誰もが、自らが選ばれてしまった場合の対応については訓練を積んできていた。徹底的に興味がないように振る舞うこと。どんな不可思議な、科学を超えた事象を目の前に表されても、あくまでこの日常の延長として捉えること。無知で無自覚、そして無関心になること……。

駅前での呼びかけも、我々の「無関心」を際立たせるために、政府によって委託された団体によるパフォーマンスだった。

「長期間にわたる演技、お疲れ様でした」

「いえ……」

政府職員のねぎらいに、僕は言葉少なに答えて首を振った。

実際のところ、人格を変貌させるような苦労を伴ったわけでもなく、たいした「演技」をする必要もなかった。他の「サンプル」として「確認」され続けていた人々も同様だったのではないだろうか。

怪しげな商品や宗教の勧誘に対する場合を考えればよい。相手は得体の知れない存在だ。あからさまな迎合や拒絶は、どんな反応を引き出すかわからない。無関心でいることが一番だ。

「特にあなたの場合、恋人として接触してきたわけですから、ご心労も多かったことと思います」

「え？　ああ、そうですね」

そう言われれば、かすかに胸が痛む。もう「彼女」に二度と逢うことはないのだから。

だが同時にわかっていた。数日もすれば、彼女のことなど記憶の片隅に完全に押しやられてしまうだろうことが。

まあそれも当然のことだ。僕とて、日々忙しく生きている身だ。一つのことにいつまでも拘泥している暇などはない。

我々は、この星のごたごただけで手一杯なのだ。

全宇宙の生命体を二分しての戦いなど、我々の知ったことではない。

📖 きこえる

遠く、踏み切りの警報の音が聞こえる。私は旅先の旅館で、枕元の小さな明かりが照らす天井を見つめながら聞いていた。都会にはない夜の静けさの中、枕木を踏む規則正しい音が聞こえ、列車の警笛が、細く長く響いた。

おそらく最終列車なのだろう。物悲しく、旅情を感じさせる音色だった。きっとこの町に住む人は、毎晩あの列車の音を聞いて、一日の終わりを実感するのだろう。私は、隣の布団に寝ている妻に声をかけた。

「なんだか、しみじみしてしまう音だね」

「ほんとに……。そういえばあのときは列車で来たんでしたねえ」

「三十年前か……、遠い昔のようで、昨日のことのようで」

「いろいろありましたものね、三十年。つらいことも、うれしいことも」

「いろんなことを乗り越えて、また一緒にここに来ることができたね」

「そうですね。約束が守れてよかった……」

やがて、静かな妻の寝息が聞こえ出した。最終の鈍行列車を思い描きながら、私もいつしか眠りに引き込まれていった。

翌朝、宿の支払いを済ませ、車に荷物を載せる。昨日から世話をしてくれた若い仲居さんが見送ってくれた。彼女が渡してくれたこの町の観光案内地図を開いた私は、おかしなことに気付いた。地図には、鉄道が描かれていなかったからだ。

「昔、この町に鉄道で来た覚えがあるんだけれど」

「ええ、五年前まで走っていたんですけど、水害で橋がいくつも流されて、廃線になってしまったんですよ」

「え？　それじゃあ……」

「どうされました？」

「いや、昨日の夜遅くに、列車の音を聞いたような気がしていたから」

「あら、お客さん、お聞きになりましたの？」

「それじゃあ、やっぱりあれは列車の音なのかい？」

「ええ、鉄道はなくなったけれど、毎晩聞こえてくるんですよ。最終列車の音が」

彼女は、何でもないことのように話す。

「なんだか、すごく不思議な話だね」

「町のみんなが大事にしていた鉄道でしたから。鉄道を好きだった町の人々の想《おも》いが集まって、今も列車の走る音が聞こえてくるんだと思います」

屈託のない笑顔を見せて笑う彼女。なんだか、若い頃の妻を見ているようだった。私の顔も自然にほころんだ。

「あの……、私も、お客さまにおうかがいしてもいいですか？」

彼女は、遠慮がちに尋ねてきた。

「ええ、構いませんよ」

「どうして、お客さまは、お一人で泊まられたのに、二人分の宿代を払われて、二人分の料理と、二人分のお布団を用意するように頼まれたんですか？」

私の表情が少し曇ったのを彼女は敏感に察知し、あわてて付け加えた。

「あ、いえ……、お話しされたくないんだったら、かまわないんですよ」

「いや、いいんですよ」

私は顔をあげ、彼女に笑顔を向けた。

「ちょうど三十年前、新婚旅行でこの宿に泊まったんですよ。三十年目の節目に、もう一度泊まろうと約束していたのですが……」

「もしかして、奥さまは」

「ええ、去年亡くなりました」

「……そうですか」

彼女は、何と言っていいのかわからないように口ごもってしまった。私は会釈をして車に乗り込んだ。今日もいい天気のようだ。

「さあ、今日はどこに行こうか」

「新婚旅行のときに行った海岸に行ってみませんか？」

いつもと同じ、穏やかな口調で妻はこたえる。他人には見えないかもしれないが、彼女はそこにいる。この町の人々の想いによって、最終列車の音が聞こえ続けるように、私が想い続けている限り、妻はいつも私の隣にいるのだ。

車を出そうとすると、一度宿に戻った仲居さんが駆け寄ってきた。手には、大きな梨を二つ持っていた。

「町の特産の梨です。奥さまとお二人分どうぞ！」

窓を開けて二つの梨を受け取る。彼女の笑顔の中に、再び若い頃の妻の面影が重なる。

「ありがとう！」

「いえ、お二人で、よい旅をお続けください！」

笑顔に見送られて走り出す。今日も私は、妻と二人で旅を続ける。

バックミラーに、仲居さんが深々とお辞儀をするのが見えた。

闇

アタッシェケースをベッドの上に放り投げ、ネクタイを緩めながら、俺は狭い室内を見渡した。

「経費節減か……」

新卒で入社してから七年、営業で全国を飛び回る毎日だ。自宅よりビジネスホテルのベッドの方が安眠できるほどだが、今夜は今までの常宿より一ランク下のホテルだ。もちろん寝るだけだし、ベッドとシャワーがあれば不自由はない。だけどやっぱり、旅先で一晩を過ごす部屋を窮屈に感じると、翌朝の疲労の回復度も違ってくる。

煙草《たばこ》のヤニで汚れた壁紙、隣の部屋の咳払いが漏れ聞こえる薄い壁。何年も換えられていないだろう、褪色《たいしょく》して元の色がはっきりしないカーテン……。えてして、こんなホテルだと景色も望めないものだ。運が悪ければ、すぐ目の前に隣のビルの窓があったり……。

開いたカーテンの端を握ったまま、俺は動きを止めた。

外にあるのは、裏街の風景でも、隣のビルの壁でもなかった。

そこにあるのは、ただの暗闇だった。まるで月も星もない闇夜のように。

だが、すぐにその考えを打ち消す。泊まっているのは、地方都市とはいえ、繁華街の一画のホテルなのだ。たとえ月や星が見えなくとも、ネオンの光や街灯が、闇を遠ざけるはずだ。

暗闇とはいえ、窓の外には確かに空間のひろがりを感じる。いやむしろ、ひろがり以外の「何ものか」の存在を感じさせない、圧倒的な空虚さをそなえた暗闇だった。

ベッドの脇に置かれた、非常用の懐中電灯を手にする。

弱々しい明かりがつくばかりで、本当の「非常時」に役立つのかは疑問であったが、とりあえずの助けにはなる。ガラスの反射に遮られながらも、外に光を向けてみる。

光は、どこにも届かなかった。届くべき「果て」が存在しないかのように。

窓はビジネスホテルにありがちな造りで、換気のために片側がほんの数センチ開くだけだ。その隙間から、硬貨を一枚落としてみた。じっと耳を澄ます。

この部屋は五階にある。ほんの数秒で硬貨は地面に達するはずだ。

だが、どれだけ待っても、地面に落下する音は聞こえなかった。まるで無限に広がる宇宙空間の只中《ただなか》に、この部屋だけが漂流しているかのように。

俺は今外したばかりのネクタイを付け、上着を着てホテルをチェックアウトした。通りに出て、目についた他のホテルに飛び込み、一夜の宿を求める。もちろんホテル代は自腹になってしまうが、仕方がない。壁一つ隔てた場所に、何もかもを呑《の》みつくすかのような、無限の「闇」が広がっているのだ。そんな場所で、落ち着いて眠ることなどできるはずもなかった。

今度の部屋の窓の外では、隣のビルの屋上に据えられたネオンが深夜まで明滅を続けていた。だが俺は、カーテンを全開にして、眼を閉じても瞼《まぶた》の上で移ろう光を感じながら、まんじりともせずに朝を迎えた。

——とうとう、「闇」がやって来た……

父も、そして祖父も、ある日突然姿を消した。

何の前触れもなく。

父が「失踪」したのは、俺が六歳の頃だ。

その日、父は書斎で会社からの持ち帰りの仕事をしていた。母に頼まれて麦茶を持っていった幼い俺は、誰もいない部屋に、しばらく呆然としていた。ラジオはつけっぱなし、扇風機も回りっぱなしだったのが、よりいっそう、「不在」を強く感じさせた。

俺は、父がふざけて「かくれんぼ」をしていると思い込み、「おとうさん、どこー?」と、開け放たれた網戸の外に身を乗り出して、闇に眼を凝らした。その瞬間、得体の知れない恐怖に駆られて、全身を総毛立たせ、母の元に駆け戻ったのだ。

父が、「かくれんぼ」の終わりを告げることはなかった。

父の失踪後、働き手を失った母は、幼い俺を育てるために昼も夜も働き、俺が就職するのを見届けるようにして、病で息を引き取った。俺は、身勝手に姿を隠してしまった父を、ずっと憎み続けていた。

高校生になった頃だったろうか。俺は、失踪した父が残した日記帳を開いてみたことがある。父の日記の最後のページには、こう記されていた。

——もう、闇に抗《あらが》うことはできない……

もちろん、当時の俺には、意味はわからなかった。ただ父が、何か精神的に追い詰められた状態だったのだろうと推測するばかりだった。

今になって、ようやく父の書き遺《のこ》した言葉の意味が理解できた。父や祖父もきっと、あの「闇」を見続けていたのだ。父は、網戸を開け放った窓の外に、「闇」を見てしまったのだろう。

そして、今更ながら気付く。俺は、父が失踪した時と同じ年齢になっていることに。

闇がやって来たからといって、仕事をおろそかにすることはできない。もちろんそんな事情を話したところで、上司には「精神面の弱さあり」とマイナス査定を下されるのがオチだろう。

翌日は、いつも通り出張先での仕事をこなす。午前中いっぱいかけて、昨日の残りの営業回りを済ませる。見知った担当者と雑談を交えつつ、商談をまとめる。

午後からは、何件かの新規開拓をする。折からの不況で、飛び込みで受注できることなど滅多になかったが、今日は取引先から紹介された会社なので、少しは望みがあった。

会社の入居しているビルのエレベーターに乗り込む。規則的に移り変わる階数表示を見上げて、俺は昨夜のことを思い返していた。

こうして変わりのない日常を送っていると、昨夜の出来事のリアルさが薄れてくる。あの「闇」はもしかすると、俺の気のせいだったのでは？　単に窓の外が、何かの影響で塞がれていたというだけではないのだろうか。

十二階でエレベーターを降りる。アポイントの時間が迫っていたため、急ぎ足で受付に向かった。

その時、不意に、俺は振り向いた。

何かを感じたわけでも、気になったわけでもない。なぜか俺は「振り向いてしまった」のだ。

エレベーターの開いた扉の中に、「闇」があった。忽然と、そして平然と。

ついさっきまで俺が立っていたその場所は、四角く切り取られた形で、空虚な姿をさらしていた。その奥にあるのは、奈落の底へと通じるかのような、正真正銘の「闇」だった。

俺は、進むことも戻ることもできず、その場に立ち尽くした。

エレベーターの扉がゆっくりと閉まり、中の闇を覆い隠した。


結局、担当者と名刺交換をして挨拶程度の話をしただけで、商談にまで持ち込むことはできなかった。直前にあんなものを見てしまったのだ。動揺して、うまく話ができるはずもない。

帰りはさすがにエレベーターに乗る気にはなれず、階段を使うことにした。無機質な非常階段をゆっくりと降りながら、俺は考え込まざるを得なかった。

――「闇」か……

それは普段、巧妙に我々の前から姿を隠している。すぐ背後に迫りながら、振り向いた瞬間に、何事もなかったように、忽然と姿を消してしまう。

そんな「闇」が、俺の前ではすっかり警戒心を失い、本性をさらけ出すようになった。一度見つかってしまったら、もう隠す必要はないとでもいうかのように。

もちろん、「闇」は俺に危害を加えるわけではない。目の前に現れても、しばらく待っていれば、すぐに消え去る。それでも俺は、全力で遠ざけ続けなければならなかった。

いつ俺がその中に、一歩を踏み出してしまわないとも限らなかったからだ。

もちろん俺自身に、身を投じる意思などさらさらない。だが、それが血の中に組み込まれたものであるならば、俺はいつか抗えず、あの中に姿を消してしまうのではないだろうか？

それを知ってか、「闇」は少しずつ俺ににじり寄ってきている。

あの闇は、特別な「闇」なのだ。

喫茶店かどこかで一息つきたいところだが、地方都市ということもあり、適当な店が見つからなかった。学生に占拠されたハンバーガーショップに入る気にもなれず、仕方なく、自販機のコーヒーで我慢することにした。

硬貨を入れてボタンを押し、取り出し口に手を伸ばす。缶が見当たらない。無造作に突っ込んだ手は、予想以上の深さまで入り込んだ。

「ええ？」

自販機を突き抜けて、下の地面まで達するほどの深さだ。それなのに俺の手は、何ものにも遮られなかった。

恐る恐る、取り出し口を覗き込む。恐れていた通り、取り出し口の中には、底知れぬ「闇」が広がっていた。俺はのけぞるようにして自販機から身を離し、舗道にへたり込んだ。

──「闇」に、触れてしまった！

急いで手を確かめる。痛みもないし、「闇」の色に染まってしまったわけでもない。だが俺は、拭いきれぬ何かがまとわりついている気がして、手を激しく振り払った。道行く人々は、俺を奇異の目で見ながら、避けるようにして通り過ぎていく。俺は立ち上がると、一刻も早く自販機から離れたい一心で、全速力で駆けだした。

俺が恐怖したのは、「闇」の手触りがおぞましいものだったからではない。かといって、俺を誘うような強烈な吸引力を持つわけでもなかった。

そこには、何の違和感もなかったのだ。

まるで、俺自身が当然いるべき場所だとでもいうように。

俺は確信した。「闇」とは、俺から遠く離れた存在ではない。俺自身の姿そのものでもあるのだと。

あの「闇」は、誰もが心に持つ闇を具現化したものなのだ。

結局、その日は職場に戻っても仕事になりそうもなかったので、出張を終えて直帰することにした。帰宅する電車に揺られながら、俺は父のことを思い返していた。

父とて、母や俺を愛していなかったわけではあるまい。幼い俺はとても可愛《かわい》がられていたし、怒られた記憶すらない。それでもなお、父は家族を置き去りにして、取り込まれてしまったのだ。

俺は、「闇」の引き寄せる力に打ち勝つことができるだろうか?

そういえば、たった一度だけ、父は、抱っこされて笑う俺を、恐怖に歪《ゆが》んだ表情で投げ出したことがあった。父が俺をそんな風に扱ったのは、後にも先にもそれっきりだ。

それからすぐに、父は姿を消してしまったので、結局その理由はわからないままだ。

取りとめのないことを考えるうち、電車は自宅の最寄駅に着いた。街には夜の帳《とばり》が下りようとしている。都会の夜は光に溢《あふ》れ、星の光すら遠ざける。闇とは無縁の世界だ。

だが、そんな夜に紛れて、いつ、あの「闇」が姿を現すかもしれない。俺はうつむいて、足元だけを見るようにして、家路を急いだ。

「元気ないね。出張、うまくいかなかったの?」

夕食の支度をしていた妻は、フライパンを手にしたまま、リビングで俺を出迎えた。

「ちょっと、話があるんだ」

「なに、改まって。まさか、リストラされちゃったとか?」

そんな冗談を言いながら、妻は俺と向き合う椅子に座った。茶化しているわけではない。妻は、俺が重要な話をする時には敏感に察して、そんな言葉で俺の心を和らげてくれる。

俺は初めて妻に、「闇」のことを話した。

妻も、俺の父や祖父が理由もなく失踪したことを知っている。「俺も、いつか突然いなくなっちゃうかもしれないよ」と、冗談まじりで言ってきたこともあって、俺の告白を真剣に受け止めてくれた。

「そうか……」

妻は、一瞬だけ沈痛な面持ちになったが、すぐに明るい表情を取り戻した。

「大丈夫。もしあなたが闇の方に向かっていきそうになったら、私が無理やり引き戻すから」

そう言って腕まくりをして、小さな力こぶを見せる。

「頼もしいな」

俺が「闇」に抗い、生きる希望を持ち続けていられるのも、このどこまでも明るく支えてくれる妻がいてくれるからこそだ。

そしてもう一人……。リビングで遊ぶ、俺の人生の「光」を抱き上げた。

「おっ！　二日も会わないうちに、随分と重くなったなぁ」

妻のためにも、息子のためにも、俺は「闇」ごときに取り込まれるわけにはいかないのだ。

この子の前にもいつか、「闇」が姿を現すのだろうか？

いや、負の連鎖は、俺の代で断ち切るのだ。この子には、「闇」を一切近づかせはしない。

息子は、俺の希望を一身に受けて、輝くような笑顔を見せた。

無邪気に笑う息子の口の中に、「闇」がぽっかりと、文字通り「口を開けて」いた。

📖 スノードーム

「もう、クリスマスのディスプレイか……」

仕事を終えた人々が足早に帰宅の途につく繁華街で、僕は人の波から外れて立ち止まった。街灯にはクリスマスリースを象《かたど》ったオブジェが飾られ、街路樹のイルミネーションが明るく輝いていた。

──まだ十一月の終わりなのに……

理由もなく、不平じみた言葉を心の中でつぶやいてしまう。何だか、年々「クリスマス」を口にしても許される期間が長くなっているように感じるが、気のせいだろうか。コンビニの店員も、宅配ピザのアルバイトも、みんな安っぽいサンタの衣装を身にまとい、無理やりにでも浮かれた気分を演出しようとしていた。

「サンタクロースか……。何歳まで信じていたっけ？」

子どもの頃のことをぼんやりと思い返しながら、気忙しくもあり、華やいでも見える夜の街を見渡した。舗道沿いのショーウィンドウも、クリスマスを意識してか、赤や緑、そして金の装飾をふんだんに使って、華やかに飾りつけられていた。

最後に恋人とクリスマスを過ごしたのは、二十七歳の冬だっただろうか。それから三年、今年はプレゼントを贈るべき相手もいない。一人で過ごすのにもすっかり慣れてしまってはいたが、この時期だけは、そこはかとない疎外感を感じざるを得なかった。

苦笑しながら歩きだした僕は、デパートのショーウィンドウの前で再び立ち止まり、しばらくその中を見つめ続けた。

ディスプレイされたものについて、うまく理解ができなかったのだ。

「マネキン……じゃ、ないのか？」

そのショーウィンドウの中にいたのは、本物の人間。それも、若い女性だった。

ガラス張りの狭い空間の中央には、木製のテーブルと椅子が置かれ、壁際には小さな食器棚や家具が並んでいた。一人暮らしの女性のリビングルームを思わせる空間だった。

女性は椅子に座り、手にした文庫本をめくっては、時おりマグカップの飲み物を口に運んでいた。まるで、一日の仕事を終えて自分の部屋でくつろいでいるかのように。

ショーウィンドウディスプレイの一つとして、マネキンではなく実際に人を使って人目を引く手法があることは僕も知っていた。だが、ショーウィンドウの中の彼女の仕草や表情は、どう見ても何かを「見せる」ためのものではなかった。

彼女の着ている白のモヘアニットや、ブラウンの厚手のサテンスカートも、お気に入りの着心地の良い部屋着といった風で、流行《はや》りのものというわけではなかった。しばらく見ていると、彼女は文庫本を閉じて椅子から立ち上がった。ショーウィンドウの街路側に近づき、ガラス越しに空を見上げる。まるで一日の終わりに、明日の天気を占うかのように……。

どうやら彼女は、このショーウィンドウの中で暮らしているようだった。


不思議なことに、この奇妙な「ディスプレイ」を気に留める人は、一人もいなかった。もちろん繁華街の舗道に面したショーウィンドウであるから、人通りは絶え間なくある。それなのに、通りすぎる人々はまったく無関心か、他のショーウィンドウへ注ぐのと変わらぬ視線を向けるばかりだった。

僕はいつのまにか、そのディスプレイの前でしばらく時間を過ごすのが、仕事帰りの日課になっていた。

近くの自販機でホットコーヒーを買って、かじかんだ手を温めながら、しばらくのあいだ、彼女の「日常」をのぞかせてもらう。のぞく、とはいうものの、僕の心に後ろめたさが芽生えることはなかった。

もちろんそれは、まがりなりにもショーウィンドウであるという大義名分があったからではあるが、それ以上に、彼女の姿が、とても自然な形で僕の心に入り込んできたからだ。

彼女は、見られているという意識もなければ、自分がショーウィンドウに住んでいるということの不思議さも感じていないようだった。

お気に入りらしいマグカップでコーヒーを飲む仕草。ダイエット宣言してるんだけどな、というような、困ったような表情でお菓子を口に運ぶ様子。今日一日の出来事を思い出そうとするかのように、少し眉根を寄せて日記を書く姿……。

一つ一つの動作から、彼女の暮らしぶりや、日々の様々な思いが伝わってくる。それは決して饒舌《じょうぜつ》ではなかったが、僕に何かを語りかけてくるようだった。

クリスマスイブの夜、家路を急ぐ勤め帰りの人々が、いつも以上に急ぎ足で僕を追い抜いてゆく。待つ人の元へ向かう弾んだ気持ちが伝わるようで、僕はケーキやプレゼントの袋を抱えた人々の後ろ姿を、微笑《ほほえ》ましく見送った。

ショーウィンドウの彼女は、小さなツリーとケーキを用意して、一人だけのささやかなパーティでクリスマスを祝っていた。

テーブルの上には、小さなスノードームが飾られている。

彼女は時おり手にとっては、スノードームを揺らした。

小さなドームの中で、雪を模した白いパウダーがろうそくの光を反射し、きらめいて舞い落ちる。彼女は、その小さくも暖かな世界に、いとおしげな眼差しを向けた。

それは、僕から彼女へのクリスマスプレゼントだった。

路地裏のアンティーク雑貨の店で、数日前に見つけたものだ。すっかり埃《ほこり》をかぶって、店主にすら存在を忘れられたようなスノードームは、埃をぬぐってそっと振ってみると、生き返ったように、小さく、それでも幸せな光を投げかけた。

森の中にひっそりと建つ小さな家に住む、小さな女の子のスノードーム。なんだかそれが、ショーウィンドウの中に住む彼女に似つかわしく思えた。デパートの住所と「ショーウィンドウの女性へ」という宛先を記して、小包を送っておいたのだ。

しばらくスノードームを見つめていた彼女は、椅子から立ち上がって、窓際に立つように、僕の方に近づいた。それは、きっと偶然だったのだろう。光の反射で、彼女から僕の姿は見えないはずだから。

だが彼女は、確かに僕の方を向いて、にっこりと微笑んだ。

その微笑みを残したまま空を見上げ、何かをつぶやいた。

ガラスに隔てられて聞こえなかったけれど、僕にははっきりとわかった。僕は、彼女と同じ夜空を見上げ、同じ言葉を口にした。

「メリー・クリスマス……」

休日を挟んで、数日ぶりに彼女のショーウィンドウを訪れると、そこは、ありきたりなブランドバッグが並べられた空間になっていた。彼女がそこで暮らしていたという痕跡は、何一つ残っていない。まるで、最初から、そんなものはなかったとでもいうように。

年が明け、おめでたい七福神の飾り付け、冬物バーゲンの告知、バレンタインフェアと、季節の移ろいと共に、ディスプレイはめまぐるしく移り変わっていった。

だけど僕は相変わらず、仕事帰りにそこで立ち止まり、ホットコーヒーを飲みながら、しばらくの時間をすごした。ビル風が吹きすさび、誰もが俯いて足早に歩き去っていく。ショーウィンドウは、僕以外見つめるものもないまま、明るい光を路上に投げかけていた。

一人の女性が足をとめ、何かを探そうとするかのようにショーウィンドウに近寄った。彼女だった。

ショーウィンドウを見つめる彼女は、久しぶりに昔住んでいた場所を訪れたような、懐かしげな表情だ。冷たいビル風に肩を震わせ、羽織っていたニットストールをかき合わせた。毛糸の手袋ごしに両手に息を吹きかけ、そのまま何かを求めるように手を伸ばし、夜空を見上げる。

「雪だ……」

二人同時に声を発した。思わず顔を見合わせる。彼女は、僕を振り向いて一瞬怪訝そうな表情を浮かべたが、それはすぐに、小さな微笑みに変わる。

街灯の光を受け、雪は僕たちの頭上に、きらきらと輝きながら降り注いだ。光によって閉ざされたかのようなこの場所には、とてもあたたかな時間が流れているように思えた。

どんな風に彼女に声をかけよう……。少し迷ったのち、僕はそのことばを口にした。

「なんだか、スノードームの中にいるみたいだね」

📖 私

十二時五十五分。午後からの業務の五分前には、必ず机に着くことにしている。私はいつも通り、午後から処理すべき案件をメモ帳に書き出し、それぞれの処理に必要な時間と、優先順位とを頭の中で組み立てる。

——不確定要素。督促状の問い合わせ対応——

昨日、市内の未納者あてに督促状を発送した。そろそろ問い合わせの電話がかかって来るはずだ。

午後一番の市民対応は、電話ではなく、来庁した若い女性だった。

近づく彼女の速度を見極め、私は椅子から立ち上がり、窓口に向かう。彼女が窓口に到着するのにちょうど一拍遅れて、前に立つ。待ち構えていたような圧迫感もなく、相手を待たせるでもない、経験によって導き出された絶妙なる時間差だ。男性の平均身長よりも五センチ低いのが私のコンプレックスだったが、市民対応においては、相手に圧迫感を与えない利点がある。

「この通知が、家に届いたのですが……」

彼女がバッグから取り出したのは、昨日発送したばかりの督促状だった。

「何か、手違いがございましたでしょうか？」

通常の市民対応に、二割ほど「謝意」のニュアンスを上積みして、私はそう尋ねた。

「督促状」という性質上、問い合わせに来る市民の八割がたは「苦情」での来庁だ。自然に、対応もそれを前提としたものになる。何しろ私は、「模範とされる市民対応」で、五年連続で庁内表彰されているのだ。応対に抜かりはない。

「どうも、私宛ではないような気がするのですが……」

「それは……、大変申し訳ございません」

言葉には最大限の謝意を込め、心中にはさざ波すら立てず、頭を下げる。角度、スピード、時間共に、申し分のないお辞儀だ。

何十万人もの市民の情報を処理しているのであるから、間違いは当然起こりうる。私は頭を下げる数秒のうちに、様々なケースを考えていた。彼女の手元に届いたものの彼女宛ではないということは、住所情報と氏名の情報がずれてしまったのだろうか。もしくは、特殊な氏名に特有の「異体字」がうまく印字されなかった事例だろうか。

「失礼ですが、何か身分証明書をお持ちでしたら、確認させていただいてもよろしいでしょうか？」

女性はバッグから免許証と保険証とパスポートを取り出した。どれか一つでいいのだが、経験上、こんな場合は何も言わずに三つとも受け取っておいた方がいい。

まずは免許証の写真と目の前の本人が一致していることを視線の動きだけで確認し、次に、督促状と免許証を照合する。

住所も、名前も一致していた。

確認の意味で、保険証とパスポートも開いてみる。旧字体や異体字なども考えられるので、字画の一本に至るまで、詳細に見比べる。

違いは、見つけられなかった。

「失礼ですが、ご本人様宛ではない、ということでしょうか？」

「はい」

「大変申し訳ないのですが、私には、ご住所やお名前に、間違いを発見することができないのですが……」

「間違いがない」と言い切らず、「発見することができない」とすることで、問題の責を相手ではなくこちらに帰する言い回しのテクニックだ。

「はい、間違いはありません」

内心の当惑を抑え込み、相手の様子を観察する。彼女は、私が「当惑」するなどとは考えてもいないかのように、何らかの「対応」を待つそぶりだ。

過去の市民対応の積み重ねから、相手のタイプを推し量る。「無理難題タイプ」か「論理矛盾タイプ」であると推察された。この傾向の来庁者には、意味はなくとも、何らかの「対応」を行ったという「誠意」を見せることで、「解決」へのハードルを下げられる場合が多い。「解決」とはもちろん、「相手が満足する」という意味合いであって、実際に問題が解決されるかどうかは重視されない。

「少々お待ちいただけますか。調べてみますので」

私は彼女を待たせて自席に戻り、情報管理課に内線電話で確認する。応対したのは幸い、同期の山中《やまなか》だった。

「ああ、ちょっと確認してほしいんだけど、住民番号ＫＯ－１３７９６５のデータなんだけど、最近何か変更を加えたりした記録があるか？」

「ＫＯ－１３７９６５ね。ちょっと待って、調べてみるから」

受話器から、素早くキーボードを叩《たた》く音が聞こえて来る。

「入力内容の変更はないよ。ただ……」

「ただ、何だ？」

「いや、大したことじゃないんだ。先週データ更新をした際に、間違って二重登録した市民データが二百件ほどあってね。エラーになったから、手作業でデータの一方を消去したんだ。ＫＯ－１３７９６５も、その対象だったんだよ」

「だけど、それで入力内容が変わったわけじゃないんだろう？」

「ああ、単なる二重登録だから。データの内容自体には、何も手をつけていないよ」

「わかった、ありがとう」

私は電話を切って、カウンターに戻り、心配顔で待っていた女性に、事情を説明した。

「というわけで、情報が二重登録されていたので、一方のデータを消したという経緯はあります。ですが、データ自体は……」

「つまり、二つあった私のデータの、一つを消したということですね」

彼女は、私の言葉を遮るように勢い込んで尋ねた。

「……ええ、そうなります」

「消されたのは、私のデータなのです」

まるで、存在自体が消されてしまったかのように、彼女は心細げであった。私は彼女の心に寄り添う姿勢を見せるべく、大きく頷いた。

「確かに、あなたの情報は消去されました。ですがそれは、二つ存在したまったく同じ情報のうちの一つなのです。どちらが消されても、残った情報はあなた自身のものですよ」

身ぶりを交え、親身になっていることを強調した私の説明に、彼女は悲しそうに首を振るばかりだ。

「経験していない人には、わからないでしょうね」

督促状に印字された名前に、彼女は敵意の込もった視線を落とす。危険な兆候だ。その「敵意」が、こちらに向けられないよう、対応は更に慎重を期さねばならない。

「字面が一緒というだけで、ここに記されているのは、『私』の名前ではないんです……」

「わかりました。それでは、どういった解決策が取れるかを、一緒に考えてみましょう」

歩み寄りの姿勢を見せることで、相手に、問題を共に解決する「味方」として認識させることが肝要だ。だが、彼女は私の言葉など聞こえなかったかのように、自ら「解決策」を口にした。

「その、消してしまったデータというのが、本当の私の名前なんです。お願いします。消去したデータの方を復元してもらえますか」

こうした場合、代替策の提示には効果がない。「処理としては難しいが、対応は可能である」という姿勢を見せる必要がある。

「なるほど、おっしゃる通りです。それでは、少々お待ちいただけますか」

私は再び自席へ取って返し、情報管理課に内線電話をかけた。

「何度もすまない。さっきの件だけど、二重になって削除したデータの方も、作業履歴の中にはまだ蓄積されてるはずだよな？」

「ああ、履歴のクリアは月末にするから、まだ消去はしてない」

「すまないが、そちらのデータを復元して、今のデータを削除してもらえないだろうか」

「え？　……ああ、まあ、いいけどな」

　役所の仕事では、「効率」や「合理性」は最優先されない。市民に「納得していただく」ために、無意味でもやらなければいけない業務というものは日常的に発生する。山中もそれは充分に理解している。不審げな声ではあったが、すぐに対応してくれた。

「よし、こちらの住民データは置き換えたぞ。そちらの個別システムの情報を更新しろ。それでデータは置き換わるから」

「ああ、ありがとう」

　私は電話を切り、「お待たせして申し訳ありません」と女性に断りながら、個別システムの住民データを更新した。画面上には、先程までのものと置き換えられた……、だが、内容的には何ら変わりはない、彼女の督促データが表示された。

　そのデータを元に、私は督促状を印刷し直した。

「こちらでいかがでしょうか」

　新しい督促状を差し出すと、彼女は不安そうな面持ちで、そこに印字された文字を見つめた。もちろん、今までの督促状と一字一句変わらないものではあったが……。

「ああ！　確かに私の名前です！」

彼女は、心の底から安堵したように言うと、嬉《うれ》しそうに督促状を胸に抱え込んだ。

「古い方の督促状は、シュレッダーにかけてもらえますか」

未納料金を払った彼女は、立ち去りかけて振り返り、そう念押しした。

「かしこまりました」

彼女が立ち去ってから、私はフロアの片隅のシュレッダーに向かった。ちょうど他にも廃棄書類が溜《た》まっていたところだ。個人情報関連の書類をシュレッダーにかけながら、今の「市民対応」を振り返る。

相手の言わんとするところに理解を示し、対処法を筋道立て、臨機応変に対応し、納得して帰ってもらう。我ながら満足のいく「模範的な市民対応」であった。

今回の事例は、私一人で把握しておけばいい案件ではなかった。「重複データ消去時の、住民データの個人との同一希薄性発生時の対応」として市民対応マニュアルに追加し、課題と解決策とを課内で共有化しなければならない。

それにしても、住民情報データと個人が、これほど密接に結びついているとは、思ってもみなかった。考えてみれば、私が「私」であるということを証明できるのは、こうして役所にデータがあるからこそだ。もしかしたら、それらすべてのデータがなくなってしまったら、「私」という存在そのものも消えてしまうのではないだろうか？　シュレッダーで無数の「個人情報」を裁断しながら、私はつい、そんな想像をしてしまった。

当初の業務予定の通りに午後の勤務を終えた私は、五時半に庁舎を出て、帰《かえ》り途《みち》に図書館に立ち寄った。予約していた新刊本が一冊用意できたと連絡が入っていたからだ。予約本を受け取り、他にも目ぼしい本がないか、館内を一周する。貸出は一人十冊までだ。まだ読み切れていない本が家に三冊あるので、七冊までなら借りることができる。二十分ほど見てまわり、五冊の本を手に、カウンターに向かった。

窓口の女性司書は、端末画面の貸出履歴を一瞥し、私の置いた五冊の本を確認すると、バーコードを読み取ろうとする手を止めた。

「すでに六冊借りられていますので、本日は四冊までしか貸し出すことはできません」

「一週間前に、三冊しか借りていないはずですが」

借りた冊数に間違いはない。貸出カードは常に財布に入れて持ち歩いているので、家族の誰かが利用して借りることもあり得ない。

「それでは、二重になっているようですね」

司書の女性は、間髪を容《い》れずに答える。それで私も、ようやく納得できた。

「ああ、貸出データが二重になっているんですね。それでは、そのデータを正して、貸出ができるようにしてもらえますか」

無感情な顔が私に向けられる。

「いえ、二重になっているのは、データではなく、あなた自身です」

「どういうことですか？」

「貸出データによると、あなたは一週間前に三冊借りて、一昨日も三冊借りられています。一昨日に借りられた記憶がないということでしたら、あなた自身が二重になって借りられたものと思われます」

よくあることだとばかりに、彼女の説明は淀《よど》みなかった。

「なるほど……」

私はようやく合点がいった。入力ミスで個人情報データが二重になることがあるのだ。逆に、「私」の存在そのものが二重になることもあるだろう。もう一人の「私」が、一昨日図書館で三冊の本を借りたに違いない。

「一昨日、本を借りられたのも、今日借りられるのも、同じあなたですから、十冊という制限を超えて貸し出すことはできませんよ」

まるで私が無理な要求をしているとでもいうように、彼女はすげなかった。立場こそ違えど、彼女も「市民サービス」の向上を目指すべき立場のはずだ。「模範とされる市民対応」からは程遠いと言わざるを得ない。

「納得できません。同じ『私』とはいえ、私自身は与《あずか》り知らぬ形で貸出が行われたのですから、私にはこの五冊を借りる権利があるはずです」

はっきり言って、そこまで本を借りることに執着しているわけではない。だが私は、自分が「無理難題タイプ」でも、「論理矛盾タイプ」でもなく、「正当な主張」をする利用者であることを彼女に理解させるために、貸出を強要した。

「わかりました。それでは少々お待ちいただけますか」

彼女はそう言って、一旦奥の事務所に入った。担当部署に電話をかけているようだ。

しばらくして、彼女は相変わらず無感情な顔のまま、カウンターに戻ってきた。

「確認が取れました。正常な状態に戻すということです。五分ほどで二重状態が解消されるそうですから、もう少々お待ちいただけますか」

「わかりました」

適切な対応が取られたことに満足し、私は一旦カウンターを離れた。

すぐにしかるべき部署が、どちらかを、「削除」するだろう。どちらが消えようが、同じ「私」なのだ。何の問題もない。

名もなき本棚

八時四十分。

いつもどおり、始業まで二十分の余裕をもって会社のビルに着いた私は、エレベーターに向かう人波を避けるように、非常階段へと向かう。ヒールの靴の足元を確かめて、一つ深呼吸をして手すりを握り、階段を上り始める。十二段の階段、踊り場、再び十二段の階段、一つ上の階へ……。二十階にある職場まで、それを繰り返す。

一ヶ月ほど前から、私は毎朝、非常階段を使って職場に向かうようになった。やってみるまでは、二十階まで自分の足で上ることを、雲の高みに登るかのように考えていたが、今ではすっかり習慣となってしまっていた。

ダイエットや運動のためにやっているわけではない。一ヶ月前のその朝、不意に、朝のエレベーターに乗りたくなくなってしまったのだ。

もちろん、始業時間に合わせて一斉に出社する社員による混雑ぶりには辟易《へきえき》していたが、混雑度でいえば通勤電車の比ではない。痴漢だっていないし、我慢するのもせいぜい一、二分だ。

それでもなお、朝のエレベーターには乗りたくなかった。不機嫌な私の顔を見られたくなかったからだ。朝の私は不機嫌だ。不機嫌な私は、ロッカーで事務服に着替えてはじめて、「会社の私」に切り替わる。その前の顔というのを、同僚たちの誰にも見せたくなかったし、誰にも話しかけられたくなかったのだ。

靴音のリズムを崩さないようにして、階段を上り続ける。このビルには非常階段が三ヶ所あるが、最も奥まった位置にあるこの階段は、めったに人も通らない。飾り気のない、無機質で単調な空間は、人を自らの内側へ向かわせるのだろうか。私は、様々なことを考えながら階段を上るようになっていた。

この会社で働き始めて二年になる。顧客管理の入力作業と、データ管理が私の業務だ。独創性が求められる仕事ではなく、学んできた技術を活《い》かせるわけでもないが、やりがいはほどほどにある。可もなく不可もない、そんな単調な仕事の毎日になぞらえるかのように、非常階段の狭い空間は、上っても上っても、変わり映えのしない風景だった。

十七階と十八階の間の踊り場で、さすがに弾んできた息を整えながら、私は立ち止まった。いつもと違うことに気付いたからだ。

「本が……、変わってる」

この場所に本棚があることには、はじめてこの階段を使った朝に気付いていた。ビルの建設当初からあるらしく、壁面に据え置かれた、ガラスの引き戸がついた本棚だ。

何の掲示もなく、ビル内の誰かが利用しているようでもなかった。実際、階段を使うようになって一ヶ月が経つが、本の配置が変わった様子はまったくなかったからだ。

それが、今日になって中の本がまったく変わっているのだ。一冊一冊の本の題名はもちろん覚えてはいないが、雰囲気はがらりと変わっていた。

私はかがみこんで、はじめて本棚のガラスの引き戸を開く。中は三段に仕切られ、本は大きさをきちんと揃《そろ》えて配置されていた。背表紙の下には、一様に青いシールが貼られている。

一冊を手にして気付いた。その本にも、そして本棚の中のいずれの本にも、著者名が記されていないということに。本のジャンルは、小説、実用書、写真集、詩集と様々だったが、書店では見かけたことのない題名ばかりだった。

そんなことがあってから、私は朝の通勤時だけでなく、普段も非常階段を気にかけるようになった。自分でも、あんな忘れ去られたような本棚がどうして気になるのかはわからなかったが、いったい誰が何のためにあの本棚の本を用意し、きちんと管理しているのかを知りたくなったのだ。

それからしばらく経ったある日、一つ下の階に資料を届けるために非常階段を利用していた私は、何か気配を感じて、耳を澄ませた。本棚のあるあたりで、作業をするような物音がする。私は書類を抱えたまま、階段を駆け下りた。

本棚のある踊り場では、一人の男性が、まさに本を入れ換えている最中だった。私と同年代くらいのその人物は、息を切らして下りてきた私を見て、少し驚いた表情だった。

「どうしてこんな所に本棚があるんですか？」

息を整えることもなく、彼にたずねる。

「ああ、何だってこんな高い階に作っちまったんだかな。おかげで入れ換えも大変だよ」

座り込んで本を抱えた格好の彼は、職人肌の技術者を思わせる、ぶっきらぼうな態度だった。

「そうじゃなくって、何でこんなところに意味もなく本棚があるのってことを聞いてるんです」

彼は作業の手を止め、再び私を見上げた。

「今さら、そんなこと言われてもなあ」

彼は帽子を取ると、どう説明したものか、というようにごしごしと頭をかく。

「この街にも、ここと同じような本棚はいくつもあるじゃないか。何しろ俺は全部で八十の本棚を管理しているんだから」

思ってもいない言葉だった。私は記憶を辿るまでもなく、首を振った。

「そんな本棚なんて、街で見たことなんてないし」

「見えていなかっただけだよ」

即座にそう切り返されて、少しむっとして言い返す。

「私はそんな不注意な人間じゃありません」

彼は、何を思ったのか急に立ち上がり、私の背後に回る。振り向こうとすると、彼は
「そのまま」と言って、私が動くのをとどめた。

「君は、俺の着ている上着の色を覚えているかい？」

とっさにそんなことを聞かれて、今まで目の前にいた彼の服装を思い返そうとするが、どんな服だったかまでは覚えていなかった。

「ほらね。見ていても、見えていないものは、たくさんあるってことだよ」

何だかうまく言いくるめられた気がして、私は小さく唇を噛んだ。彼は再び本を抱えて作業を再開しながら、問わず語りにこの本棚のことを話してくれた。

「このビルが建つ前には、ここには大きなお屋敷があってな。その塀の一画にこの本棚はあったんだ。建物が取り壊されて、このビルが建つ時、地権者の意向で、同じ場所に残されたんだよ。もっとも、非常階段の、しかもこんな高い場所に追いやられてしまったがね」

そう言って本棚を見つめる彼の瞳は、慈愛に満ちていた。単なる仕事として以上に、

この本棚に関わることを喜びとしているようだ。

「それじゃあ本当に、街の中にも、これと同じ本棚がたくさんあるんですか？」

「ああ、今の君には見つけられないのかもしれないけど、本棚は隠れているわけじゃない。いつでも、必要とする誰かのために、本棚はあるんだ。そしてその誰かのために、俺が本を用意する」

自分のなすべきことへの、揺るぎない自信。そんな風に仕事に誇りを持てることが、今の自分と比べてうらやましくもあったし、読まれてもいない本を用意する日々にそんな誇りが持てるものかと、疑わしくも思った。

「でも、こんな所に本棚があるなんて、うちの会社の社員も誰も気にも留めていないし、誰も利用していないんじゃないですか？」

「確かに、前回入れ換えに来た時から、本が読まれた形跡はないね。残念ながら」

言葉とは裏腹に、彼はたいして残念そうでもなかった。

「だったら、こんな所に本棚を作って管理していても、何も意味がないじゃないですか」

さっき、うまく言いくるめられてしまったことへの微かな反抗もあり、少し意地悪な言い方をしてみる。彼は、何だか不思議そうな顔で問い返してきた。

「君は、例えば、この街で五年間火事が起こらなかったとしたら、消防車なんていらないって思うかい？」

屁理屈にしか聞こえない論法に、思わずため息をついた。

「本棚と消防車は違うでしょう？　消防車っていうのは、いつ起こるかわからない火事のためにあるんだから」

彼は、その通り、というように大きく頷いた。

「この本棚も同じだよ。いつか誰かが、ここにある本を必要とする時が来るかもしれない。その時のために俺が本を準備する。非常に意味がある行為だ」

私の「意味がない」という言葉に対するためか、最後の部分は殊更に強調された。

私がまだ納得しない表情だからか、彼は少し考えるように宙を仰ぎ、再び口を開いた。

「それじゃあ、聞き方を変えようか」

立ち上がった彼は、私をのぞきこむようにして言った。

「君は、誰からも必要とされていなかったら、存在価値はないのかい？」

思ってもみない問いを投げかけられ、私は答えに窮してしまった。

――存在価値……、私は、誰かに必要とされている……？

自らに問う言葉が、私の中でこだまする。なぜだか、この非常階段を上り続ける単調な日々が、心に浮かんだ。

「それは……」

否定しようとして、言葉に詰まってしまう。私を必要としてくれる誰の姿も、浮かんでこなかったからだ。そんな私の様子を察して、彼は今までにない穏やかな表情で、私に笑いかけた。

「君が君として生きていることに、価値はあるし、きっと誰かが君を必要としている。そうだろう？」

「……そう思いたいけど。そうなのかな？」

「その答えは、君が自分で見つけなきゃな」

彼は笑顔を残したまま、私の頭をポンと叩いた。

本をすべて入れ換え、背負子《しょいこ》のような大きな箱にもともとあった本を収めた彼は、身軽にそれを背負い、非常階段を下りていった。

それから程なくして、私はその会社を辞め、別の街で働き出した。

仕事帰りの電車の車窓からは、遠くにかつての職場のビルが見える。心によみがえるのはなぜか、あの非常階段を上り続けた日々と、小さな本棚だった。

あれ以来、一度も訪れてはいない。だけど、きっと今もあの本棚は、十七階と十八階の間の踊り場で、ひっそりと、いつか自分を必要としてくれる誰かを待ち続けているのだろう。

仕事は変われど、私の毎日は、さほど変わったわけではない。通勤電車に揺られ、会社に通う毎日だ。今の会社は一階にあるので、非常階段を使うことはなくなったけれど。だけど、一つだけ変わったことがある。私には見えるようになったのだ。彼の言う、街角の名もなき本棚たちの姿が。

電車に乗っていて、踏切のすぐそばに見つけた、雨ざらしの小さな本棚。商店街の電柱の陰に置かれた本棚。首都高速の高架下にひっそりと置かれた本棚。

人目をひくこともなく、そこにあるのに誰もが見えないように通りすぎる、いたずらさえされない、名もなき本棚たち。

いつか私もあの本棚を必要とする時が来て、ガラスの引き戸を開けて本を手にすることがあるだろうか。その時はまた、あの風変わりな彼に会えるのだろうか。

電車の窓にもたれ、物思いにふけっていた私は、アナウンスの声が駅名を告げるのを聞いて、あわてて降りた。行きかう名もなき人々と、名もなき私。改札口に向かう人波の中で、思わず立ち止まる。私は流れをとどめる杭《くい》となり、向かい来る人々がいぶかしげな視線を私に向け、避けるように歩き去る。

すれ違う人々の記憶の中に、私は一瞬も残りはしない。私も、そして誰もが皆、「名もなき誰か」なのだ。私の存在は、なんてちっぽけなのだろう。人波の中に、あっけなく消えてしまうほどに。

――だけど……

私は、心の中でそうつぶやく。だけどその感覚は、決して嫌ではなかった。ちっぽけだからこそ、自分が愛おしく思える瞬間があるし、「がんばれよ、自分！」と自分を抱きしめるように励ますこともできるのだから。

一人の中年男性が、手にしたものに気を取られていたのか、立ち止まっている私に気付いてあわてて目の前で足をとめた。

「失礼」

男性は、小さな笑顔を浮かべて私に会釈をした。通りすぎる男性に、私も笑顔を返す。その手には、青いシールの貼られた本……。私は男性の後ろ姿を見送り、彼の姿が人波にまぎれて消えてしまうと、小さく頷いて、再び歩きだした。

改札口では、「名もなき私」を必要としてくれる人が、笑顔で手を振っていた。

📖 回　収

「今日は……、ペットボトルと新聞紙か。よし！」

夫を会社に送り出し、私は腕まくりをして分別表を確認した。

この市では、回収物の分別が65通りにも分けられているので、覚えるだけでも大変だ。前回の回収日に出し忘れていたので、ペットボトルは袋いっぱいにたまっていた。右手に新聞紙の束、左手にペットボトルの入った袋を抱え、重さによろけながら集積所に向かった。

新聞紙を積み上げ、ペットボトルを所定のカゴの中に入れる。やれやれと腰を伸ばしていると、おかしなことに気付いた。集積所の隅に、背広を着た会社員が座り込んでいたのだ。

「誰、これを出したのは？」

思わず大声で独り言を言って、周囲を見回す。会社員の回収日は毎月第四木曜日、まだ一週間も先だった。

「奥さん。すみませんね。何だか少し早めに出されてしまったんで……」

会社員の上着のポケットを探ってみる。何か入っていれば、どこの家が出したのかわかるかもしれないと思ったからだ。

「ああ、無駄ですよ奥さん。住所や名前がわかるものは全部、出される前に妻に取り上げられたんですよ」

すべてのポケットを調べてみたが、財布や手帖《てちょう》など、手掛かりになりそうなものは何もなかった。

「困ったわね……」

今日から一週間は、私がこの集積所の管理を任されているのだ。開始早々のトラブルに、頭を抱えてしまう。

これから毎日、この会社員のことを気にかけておかなければならないと思うと、気が重かった。

「すみませんね、奥さん。ご迷惑かけます」

いつもどおりに家事をこなしながらも、その日一日を憂鬱な気分ですごした。

夕方、夫の帰宅を待って、私は溜め込んだ不平をぶちまけた。

「ああ、そういえば、集積所の隅に座っていたね」

着替えをしながら、夫は気のない声で応える。

「困っちゃうな。規則は守ってもらわないと。ねえ、何とかならないかな？」

夫は近所付き合いや町内の行事参加などは私にまかせっきりで、まるで関わろうとしない。もちろん彼が働きに出ている以上、地域のことは私が受け持つ。それは納得していたが、世帯主として、たまには親身になってくれてもいいだろう。

「う～ん」と唸《うな》りながら、夫は考えを巡らせているようだった。

「一週間くらいなら、置いておいても大丈夫だろう？」

それは根拠のある言葉ではない。自分が何かをする羽目にならないために予防線を張っているにすぎない。

予想通りの反応に、私は聞こえぬようにため息をついた。結婚して十五年も経つと、夫に対して恋人だった頃とは別の光をあて、別の評価を下すようになってしまう。付き合っていた頃は好もしかった夫の「優しさ」や「穏やかさ」は、今では「優柔不断」や「頼りなさ」に置き換えられてしまっていた。

「何かあったら、市役所に相談してみなよ」

夫はそう言って、それきり興味を失ってしまったのか、テレビに顔を向けた。

翌日、私は市役所の回収担当に電話をかけてみた。

「会社員が出されてしまっているので、回収してもらえませんか？」

地区の名前を告げると、電話の向こうの男性職員は、面倒くさそうな声を発した。

「そちらの地域の回収日は、六日後ですよ」

「それはわかっています。でも現に出されてしまって、出した人物も特定できないんです。なんとか早めに回収してもらうことはできませんか？」

「それは、回収日まで保管しておいてもらうしかありませんなあ」

「でも、隣の地区は確か明日が会社員の回収日ですよね。その時に、こちらにまわってもらうわけにはいかないでしょうか。どうせこの地区の集積所の前を通るでしょう？」

隣の地区のことは前もって調べていた。そんなからめ手でも使わなければ、役所というものは融通を利かせはしないということは、私にもわかっている。

男性職員は、しばらく黙っていた。電話越しではあるが、私の提案について真剣に考えてくれているというわけではないのは、雰囲気でわかる。

「そういうお願いを一度でも聞いてしまうと、歯止めが利かなくなってしまいますんで、一律にお断りしているんですよ。申し訳ありませんが……」

マニュアル通りの受け答えだ。しかも、あまりにも手早く済ませるとかえって反感を持たれるため、敢《あ》えて考える風を装う。そんな技術に長《た》けた返答だった。

「わかりました。もう結構です！」

少しヒステリックな声を上げて、私は電話を切った。

スーパーからの買い物帰り、集積所の方から子どもの声が聞こえてくる。嫌な予感をおぼえながら立ち寄ってみる。

「ちょっと、あなたたち！　何してるの？」

会社員の前には、学校帰りらしい数人の小学生が集まっていた。足元には、近所の店で買ったらしい駄菓子の袋が散乱している。どうやら会社員に食べさせていたようだ。

「こんなことしていいと思ってるの？　あなたたち」

「だって、かわいそうだったから……」

言い訳しながらも、子どもたちは不服そうに口を尖《とが》らせていた。

名札を確認すると三年生だ。今の学校では、私たちの頃と比べて、こうした方面での教育は進んでいるものだとばかり思っていたのだが、こんな基本的な善悪の区別すら教えていないのだろうか。

「すみませんね、奥さん。一週間飲まず食わずってわけにはいかないんで、頼んで買ってきてもらったんですよ。叱らないであげてくれますか」

私は散らばった包装紙を拾い集め、うなだれている小学生たちをにらんだ。「近所のうるさいおばさん」と思われたくはなかったが、見過ごすことはできなかった。

「二度とこんなことしちゃ駄目よ。わかった？」

「はぁい。ごめんなさい」

本心からかどうか、はっきりしない謝罪の言葉を残して、小学生たちは駆け去っていった。長女が今もいたら同級生だっただろう子どもたちの後ろ姿を、私はため息まじりに見送った。

会社員が出された日からずっと、晴れの日が続いていた。日中は気温がぐんぐん高まった。ベランダで洗濯物を干しながらも、視線は集積所に向かってしまう。

塀ごしに、会社員の頭だけが見える。集積所には屋根はないので、直射日光が照りつけている。セメントの上は五十度近くになるだろう。

――行かなきゃ駄目か……

ため息をついて、集積所に向かう。会社員は、隅の方のいつもの場所に体育座りをしていた。冬物のスーツのままで出されているので、見るからに暑苦しかった。首筋には汗が滴っている。私はハンカチで鼻を押さえ、会社員の前に立つ。予想通り、少し臭ってきたようだ。

「すみませんね、奥さん。風呂にも入れないんで。かなり臭うでしょう？」

家から持ってきたキッチン用の消臭スプレーを、会社員に向けて振りまいておく。

「奥さん。ちょっと！　顔は……、やめていただけますか」

気休めにしかならなかったが、当面はこれでしのぐしかない。

「奥さんも大変ですね。でも、あと三日ですから、我慢してください。それまでは、死にはしませんから、腐る心配はありませんよ」

腐敗して臭っているというわけではないようだから、袋をかぶせたりはしないでいいだろう。野良猫やカラスの心配はしなくてすみそうだ。


「やっと明日か……」

六日目の夜、夕食の片付けを済ませ、集積所に向かった。明日はようやく会社員の回収日だ。私は腕組みをして、すっかり見慣れた座り込んだ姿の前に立つ。結局どの家が出したのかはわからずじまいだったが、明日になればとりあえず問題解決だ。

「すみませんね、奥さん。長々とご迷惑おかけしました。明日の朝には消えますんで」

今度の自治会の会合では、集積所の管理方法について問題提起することにしよう。あまり目立つことはしたくなかったが、これまでもルールを破った出し方には度々悩まされてきた。誰かが言い出さないと、改善にはつながらないのだ。

「でもね奥さん、こんな噂《うわさ》を聞いたことありませんか？　これだけ分類して出しているけれど、実際は、中央集積所についたらまた全部一つにまとめられてるって。つまり、こんなに細かく分ける意味なんか何もないってことを」

確かに分別は大変だし、少しぐらい横着をしたい気持ちは私の中にだってある。だけど、私たち一人ひとりが心がけ、小さな努力を積み上げていくことで、必ずこの世界はいい方向へと変わっていくのだから。

65もの分類は、全国でも類を見ない厳しさだ。だが、この市の住民は誰もが、自分たちがそんな街に住んでいることを誇りに思っているのだ。

「私だって好きでここにいるわけじゃないんですよ。自分だけはここに出されることはないって思ってたんですけどね」

この会社員も、好きでここに居座っているわけではないのだ。憎むべきは、自分ひとりぐらいは……という誰の中にもある安易な気持ちなのだ。一週間ここに会社員が置かれていたことは、結果的に周囲の住民への警告となっていただろう。そう思うと、目の前の会社員に同志めいた感情すら芽生えてくる。接しているうちに、気持ちが通じ合えたような気すらしていた。

「お宅のご主人だって会社員なんでしょう？　いつ同じ目に遭わないとも……」

明日は生ゴミの回収日でもあった。前日から出す不心得者が多いので、夜のうちからネットを張っておかなければならない。隅に丸められていたネットを広げ、集積所を覆う。会社員はネットの下に隠れ、しばらくもぞもぞと動いていたが、やがて静かになった。

翌朝、夫を送り出し、集積所に向かう。会社員はすでに回収されていた。

私は晴れ晴れとした気持ちで、集積所の掃除を始めた。会社員が一週間座っていた場所には汗染みが残っていたが、備え付けのデッキブラシで磨き、水を流すと、それもきれいに消え去った。

一週間胸につかえていたものが、ようやく取れたようだ。雲ひとつない夏の朝の空を見上げる。今日も暑い一日になりそうだった。


変わらぬ一日を終え、夕食の準備をして、夫の帰宅を待つ。

「ただいま。ああ、これ、ポストに入っていたよ」

九月からの新しい分別表だった。分別区分は毎月のように変わるので、きちんとチェックしておかなければならない。

新分別表では、これまでまとめて出していた「骨」が、さらに細かく「人骨」「その他哺乳類の骨」「それ以外」に分けられていた。隣の市が、分別を45から一気に66まで増やしてこの市を追い抜くという噂だったので、対抗してのことだろう。

競い合うようなことではなかったが、「分別回収最先端の自治体」としての誇りは、行政側も住民も同じように持っていた。

「あれ、会社員が……」

会社員の回収日が第二・第四木曜日の月二回に増やされ、新たな注釈が加えられていた。

――市指定の回収袋に入れて出すこと。入らない場合は分割して袋に入れること――

やはり、そのまま出せるという気軽さがルール破りにつながっていると、市でも問題視していたのだろう。分割しての回収ならば、市から貸与される特殊な切断器具が必要だし、早出しをすれば腐ってしまう。そうなれば、おいそれとルールを破る者も出てこないだろう。

「随分熱心だね。だけど、そろそろ夕飯を食べさせてくれないか」

私があまりに熱心に眺めているものだから、夫は軽く揶揄《やゆ》するように言って促した。

「ごめんなさい。すぐ用意します」

「ああ、頼んだよ」

リビングのテーブルに、夫と私の二人分だけの食器を並べる。義母と娘、息子の五人で暮らしていたこの家も、一年ですっかり寂しくなってしまった。だが、不用になったものは回収に出す。その規則は守らなければならない。

食事をしながら、この一週間の顛末《てんまつ》を夫に話す。

「そうか、大変だったね」

夫は気のない返事で応じた。相槌《あいづち》を打ちながらも、相変わらず視線はテレビに向けたままだ。

次の会社員の回収日は、二週間後の第二木曜日。それまでに市役所から切断器具を借りておくことにしよう。

📖ゴール

「ゴール？」

　僕は頭上の横断幕を見上げて、赤いゴシック体で記された大きな文字を口にした。間口の狭い店が密集する裏通りの、建物が撤去されたらしい細長い空間だ。係員らしき女の子が一人、横断幕の横に机を持ち出し、暇そうに頬杖《ほおづえ》をついていた。

「これは、何だい？」

「見たらわかるでしょ。ゴールよ」

　口を開けるのすら気だるそうに、こちらを見もせずに答える。

「ゴールって、何だい？」

「ゴールした人を迎えるための場所よ」

「それはわかっているよ。何のゴールなのかを聞いているんだよ」

「さあ、ゴールする人は知っているんじゃない？」

　彼女はそう言って、小さくあくびをした。

横断幕の前に佇《たたず》み、周囲を見渡した。ゴールを目指してくる誰かがいれば、何の「ゴール」なのかもはっきりするだろう。

五分ほど待ってみたが、ゴールする者は誰も現れなかった。

「最近、ゴールした人はいるのかい？」

「ここ最近だと、三年前ね。といっても、私はこのバイト二年前からだから、その時のことは知らないんだけど」

三時間前だとか三日前ではないのかと耳を疑ったが、確かに彼女はそう言った。

「それじゃあ君は、いつゴールするかもわからない誰かを、ずっと待ってるってわけかい？」

「誰がいつゴールするかわからないんだから、仕方ないでしょう？」

「そりゃあ、そうだけど……。毎日、この場所で？」

「一ヶ月前からよ。ここは今週いっぱいって契約だから、来週からはまた別の場所に出すことになりそうね」

移動するゴールなど聞いたこともない。第一それでは、ゴールする本人も、やっとゴールできると思ったら、予想していた場所にゴールがないという悲惨なことになりはしないのだろうか？

「ゴールする人は、そんなに毎月のように変わるゴールの場所を把握できているのかい？」

「さあ、私はこのゴールを守るのが仕事だから。それ以上のことは何も知らないわ」

アルバイトの無責任さを体現するように、彼女はスマートフォンをいじるばかりだった。

一週間後、たまたまその場所を通りかかると、もうそこにゴールはなかった。彼女が言った通り、ゴールは移動してしまったのだろう。もともと横断幕と机が仮初《かりそ》めのように置かれていただけだったので、撤去されてしまうと、かつて「ゴール」であった痕跡など、一つも残されてはいなかった。

何となく立ち去りがたく、そこでしばらく佇んでいた。

ふと気付くと、横に一人の男性が立っていた。男性は、表情には何も表さないまま、「かつてゴールであった場所」を前にしていた。

「もしかして、ゴールを目指している方ですか？」

彼は初めて僕に気付いたように顔を上げ、頷いた。

「ここがゴールだと思い、歩き続けて来たのですが、少し遅かったようですね」

僕は、一週間前までここにゴールがあったことを告げた。男は、表面上は落胆を表すことはなく、ただじっと、「かつてゴールであった場所」を見つめ続ける。

「これから、どうされるつもりですか？」

「もちろん、新たなゴールを目指します」

それを当然のこととするように、男性は鞄を抱え直した。

「しかし、ゴールの移動先は、わからないのでしょう？」

闇雲に歩いて、新たなゴールに辿り着けるとは思えなかった。

「スタートした以上、ゴールを目指すしかないではないですか」

すべての人に課せられた使命であるかのように言うと、彼は背を向け、何処《どこ》ともなく歩きだした。その姿はすぐに、道行く人々の中に紛れてしまった。


駅から会社へ向かう道は、いつも通り、通勤する人々の従順な列が続いていた。ベルトコンベアーに乗せられたように向かう先に、それぞれの「ゴール」はあるのだろうか？

そんなことを考えていた僕は、通勤ラッシュとは無関係な方向に歩く姿に気付いた。あの、ゴールを目指していた男性だった。

立ち止まった僕は、たちまち通勤の流れを崩し、背後から突き飛ばされた。たたらを踏んで、はじき出されるように路地へと入り込んでしまった。足元に落ちる影が揺らめく。振り返って空を仰ぐと、そこには横断幕が掲げられていた。

「はい、スタート」

やる気のなさそうな女性の声が、僕にそう告げた。

📖 妻の一割

妻が発見されたのは、私が妻を失ってから三年後のことだ。

現在　−　妻を失った日　＝　三年

その一報は、管理局から電話で告げられた。

「奥さんが発見されました」

「どこで発見されたのですか？」

「発見された場所です」

「そうですか」

管理局の応対は、常に簡潔で的確だ。

「三日以内に引き取りに来てください」

「三日以内に引き取りに行かないとどうなりますか？」

「三日以内に引き取りに来られなかった場合の処分要領に従って処分されます」

「そうですか」

何にしろ、今からすぐに引き取りに行くのだ。四日後の妻が八つ裂きにされようと、火あぶりにされようと、大した問題はない。

私は受話器を置き、上着を着て管理局に向かった。


妻を失ったのは、三年前のことだ。

その日、私は家に帰るなり、夕食の準備をしていた妻に告げた。

「君を失《な》くした気がするんだ」

「失くしたか、失くしていないか、どちらかにして。中間はあり得ない」

はっきりしたことが好きな彼女は、私の中途半端な言葉に、すぐに訂正を求めた。

「それじゃあ言い直そう。僕は君を失くした」

断言したことによって、私の中のわだかまりはすべて消えてしまった。

妻は少し考えていた。悩んでいるのではない。その言葉によって自らが起こすべき行動を、頭の中で順序立てているのだ。

「ということは、私はここにいてはいけないのね？」

「そういうことになるな」

妻は料理を中断して、すぐに自室に向かった。一時間もかからず、彼女は身支度を完了させた。自ら持っていく荷物と、後から送る荷物とに分けて。そんな手際のよさは、彼女の特性の一つだ。

「私は何年後に発見されればいいの？」

玄関で妻は振り返り、私に確認した。

そこまで計画性を持って妻を「失った」わけではなかった。だが、そんなことを正直に告げれば、また彼女が怒りだすのは目に見えていた。

言葉にすることで、多くの物事は現実としての形を持つ。

「三年後」

「わかった」

即座に答えて、妻は家を出ていった。

妻が出ていくと同時に、私は管理局に電話をかけた。

「妻を失くしました」

あれから三年が経過した。妻は私の宣言通り、三年間「失くした」後に、こうして発見された。

三年前にも訪れた管理局に出向き、私は受け取りの手続きを行うことになった。

「まずは、失くされていた奥さんを確認してください」

管理官に案内された部屋では、小さな窓から隣室の様子をうかがうことができた。マジックミラーらしく、隣室からはこちらは見えていないようだ。

「奥さんは、あちらで間違いないでしょうか？」

妻らしき人物が、三年前には持っていなかった春物のコートを着て、三年前とは違う髪形で座っていた。

記憶の中の三年前の妻に、「時の経過」というものを重ねてみる。

三年前の妻　＋　三年の時の経過　≠　目の前の妻

はっきり言って、三年という時を経て、人がどれだけ変化するかなど、深く考えたことはない。目の前の妻が、三年の時の経過を経た妻として「間違いがない」かどうかを即答することができなかった。

「異議があるようでしたら、受取拒否することもできますが」

「受取拒否したらどうなるんですか？」

「受取者不明の公示をして、三ヶ月以内に新たな受取者が現れない場合、処分されます」

「処分とは、どのような処分でしょうか?」

「受取者が現れない場合に規定されている処分です」

「そうですか」

彼女は、「三年の月日が経過した妻」として充分な要件を備えていたし、彼女以上に「妻らしい妻」が現れる可能性は低いように思われた。

「それでは、彼女を僕の妻として受け取ることにします」


妻は、私が部屋に入ると同時に立ち上がった。

「今度から、失くさないように気をつけてね」

「今度から、失くさないように気をつけるよ」

管理局で、妻の受け取りの手続きをする。

三年前に書いた遺失届は複写式になっており、二枚目は発見の際の受理書となっていた。

受け取りのサインをすれば、それで手続きは完了だった。

「それでは、失礼します」

管理官に頭を下げて、私と妻は部屋を退出しようとした。

「発見者に、謝礼として、奥さんの一割を渡していますから」

付け足しのように、管理官は最後に言って、書類を閉じた。

去りかけていた私は、儀仗兵《ぎじょうへい》のようにきれいにまわれ右をした。

「それは、私にとっては重要なことに思えますが、どうしてもっと早く言ってくれなかったのですか？」

「それじゃあ、受け取りを拒否するの？」

「それでは、受け取りを拒否されますか？」

妻と管理官の質問が、同時に向けられる。

私は妻の肩に手を置いて、頭のてっぺんからつま先までを確認した。そのまま「まわれ右」をさせて、今度は背後から検分する。

「どこも、一割減っているようには見えないのですが？」

管理官は、当然だとばかりに頷く。

「内面的なもの、ということもありますからね」

「内面的、とは？」

「例えば感情の一部である可能性もありますし、具体的な技術である場合もあります。料理の技術、仕事の技術、セックスの技術……」

管理官は、よどみなく答えた。

「妻の持っていかれた一割が何なのかを、教えてもらえませんか？」

「それは、私がお教えするまでもありません」

管理官は書類を開くこともなく、そう答えた。

「目の前に九割の奥さんがいるのですから、そこから残りの一割は類推できるはずです」

言われてみればその通りだ。自分の妻のなくなった一割がわからない夫などいるはずもない。

完全な妻　－　目の前の妻　＝　失われた一割の妻

そうして私は、一割を失った妻と共に、家に帰った。

妻とはうまくいかなかった。

日常生活では、何ら問題はなかった。私はすぐに「妻と共にする生活」というものを取り戻すことができたし、妻もそうだったろう。

料理の腕前も、家事の手際も、そしてもちろん、セックスの面でも、三年前と比べて、何ら過不足はない。

だが、妻も私も、違和感を抱き続けていた。身体が痒《かゆ》いのに、どこだかわからず見当違いの場所を掻《か》いているようなもどかしさだ。

私と妻は同じベッドに入り、暗い天井を見上げた。

「残りの一割の問題なのだろうか?」

私は、天井に向けて尋ねた。

「残りの一割の問題かもしれないね」

妻も、天井に向けて答えた。

うまくいかない関係 ― 現在の妻 = 失われた一割の妻?

一割を持っていかれた妻は、一割分の違和感を、私の中に残し続ける。

「君には、失くした一割が何かって自覚はあるのかい?」

「私には、失くした一割が何かって自覚はないわ」

妻の言葉には、一割分の空虚さが漂っていた。ちょうど一割分、二人の生活はすれ違い続けた。

日曜日、繁華街を二人で歩いていて、妻は横断歩道の向こうに立つ人物を指差した。

「人を指差すのは、あまりいい習慣じゃないよ」

私がたしなめても、妻の人差し指は一点を差したままだった。

「あの人が、私の残りの一割を持っている」

妻の指の先から伸びる架空の直線は、一人の男に行き着いた。海老茶色《えびちゃいろ》のスーツを着て帽子をかぶった、初老の男性だった。

「あの男が、君の残りの一割を持っているのか?」

妻は返事もせず、歩行者用信号の青と同時に大股で歩き出した。自らの指差しで空間に生じたベクトルの上をたどるように。

私たちと初老の男は、横断歩道の中央分離帯で向き合った。

「あなたが、私の妻の一割を持っているのですか?」

「いかにも、私は奥さんの一割を持っています」

男は、突然の呼び止めに気を悪くする様子もなく、妻の一割の所有者であることを認めてくれた。

信号が赤になり、私たち三人は、中央分離帯に取り残された。

「無理なお願いとは思いますが、一割を返してもらうわけにはいかないでしょうか?」

男はかぶっていた帽子を取り、自らの胸に携えた。

「困りましたね……」

そう言いながらも、彼の口ぶりからは困っている様子は感じ取れなかった。

「私としても、正当な権利としていただいた一割の奥さんを、有効に使っているわけでして」

「その通りです。申し訳ありません」

私は非礼を改めて詫《わ》び、深く頭を下げた。

「もしよろしければ、一割の妻を見せていただくことはできませんか？」

「あいにく、常時持ち歩いてはおりませんので」

所有権は彼にあるのだから、彼がどんな風に扱おうが、私に文句を言う権利はない。

「妻の一割は、どのように使われているのでしょうか？」

「それは様々です。使役、鑑賞、凌辱《りようじよく》、責め苦……。特段、何に使ってはいけないという取り決めはありませんからね」

「私の一割が凌辱されるのは、あまりうれしくはないのだけれど」

男の言葉に、妻は即座に反応した。

「駄目だよ。失礼なことを言っちゃ」

初対面の相手であるし、相手は正当な権利で妻の一割を行使しているのだ。妻は完璧な人だが、時々こうして、常識のない発言をするのだ。

「わかりました。それでは極力、凌辱は控えるようにします」

男は紳士らしく、妻に丁寧に告げる。

「極力」

妻はその言葉をどう捉えたのか、満足そうに頷いた。

初老の男から職場に電話があったのは、それから二週間後のことだった。

「先程、奥さんの一割をお返ししました」

「本当ですか」

「本当です」

「どうやって返されたのですか？」

「管理局の認めた一割を返す方法によってです」

「そうですか」

考えてみるまでもなく、どんな方法であろうが、私にとっては戻って来さえすれば、何の問題もない。

「これで奥さんは、十割ですよ」

「ありがとうございます」

礼を言って電話を切った私は、大きな安堵に包まれた。

仕事を終えて帰宅し、ドアノブに手を触れたところで初めて、微かな不安を覚えた。

完全な妻との生活について。

今までの妻　＋　戻って来た一割の妻　＝　完全な妻

もし、一割が戻って来たとしても、妻と私の抱き続ける違和感に変化がないとしたら？

今までは、「一割」のせいにすることで、互いを納得させることができた。だが今日からは、一割という「免罪符」がなくなることを意味していた。

もし、二人の違和感が解消しないとしたらどうだろう？

私たちは、違和感を引き起こしているであろう問題点を、新たに探さなければならなくなる。

結婚生活が平たんな道のりではないことは、私も妻も理解している。それを、夫婦で手を携えて乗り越えて行かなければならないことも。

だが、乗り越えるべき障害が、障害ではなかったとしたら？　何が「障害」かもわからない障害物競走を、果たして二人で走り続けることができるのだろうか？

家の前の道路から、生垣越しに、様子をうかがう。

妻はキッチンで、夕飯の準備をしていた。

炒《いた》め物《もの》をしている彼女に、普段と変わった様子は見えなかった。

妻自身は、自分に「残りの一割」が戻って来たことを理解していないようだ。

だが、私にはわかる。

十割の妻だ。間違いない。

どこに違いがあるかはわからない。だが彼女は確かに「完全な妻」なのだ。それは、私が夫だからこそわかるものなのだろう。

これで二人にはようやく、完璧な生活が訪れるのだ。

完全な妻　＋　私　＝　完璧な生活

「ただいま」

意気揚々と、私は十割の妻の前に立つ。

妻は、「おかえりなさい」を告げなかった。

妻は私の肩に手を置いて、頭のてっぺんからつま先までを確認した。それから「まわれ右」をさせて、背後から検分する。

もう半回転させて向き直った妻は、一歩下がって、私に宣言した。

「私、あなたを失くしたの」
妻の言葉はいつも簡潔で、完璧だ。間違いはない。

完全な妻　―　私　＝　完璧な生活

📖 街の記憶

「運転手さん、このあたりで止めてもらってもいいかな」

「駅まで行かなくていいんですか？」

急な変更を告げたので、ミラーごしに怪訝そうな視線が向けられたが、タクシーは路肩に止まった。

取引先への出張帰り、思ったより打合せが早く済んだので、このまままっすぐ駅に戻っても時間を持て余してしまう。見知らぬ街を歩いてみるのも面白いと思ったのだ。

車を降りたのは、駅から程近い住宅街だった。僕はタクシーが去ってから、空に厚い雲が垂れ込めていることに気付いた。

「うわっ、ひと雨来そうだな。失敗したかな」

舌打ちしながら差し出した手に、さっそく雨の感触。次の角を曲がった先のコンビニで、傘を買っていくことにした。

コンビニを出て、安物のビニール傘を開く。傘のビニールごしの風景には、かすかな歪みが生じた。僕はそのまま、周囲をゆっくりと見渡す。アパートや一戸建ての住宅が建ち並び、コンビニや宅配ピザ屋、クリーニング屋がその合間に店を構える、何の変哲もない、ありふれた住宅街の風景を。

僕の視線は、最後に、先ほどのコンビニに行き着いた。全国チェーンの、どこにでもある店だ。特別なことは何もなかった。だが、僕にとっての問題は、そのコンビニが「ここにある」ということだった。

——僕は、どうしてここにコンビニがあることを知っていたんだ？

心の中で何度も自分に問いかけては、否定をくりかえす。

だが、抗いようもない「知っている」という事実の前に、自然に思いが言葉となって出てきた。

「僕は……、この街に住んでいた」

認めてしまったことで、記憶がよみがえる。いや、それは「よみがえる」といった類のものではなかった。僕は「忘れていた」わけではないのだから。

一瞬のうちにこの街の記憶が、僕の過去に上塗りされていった。それと同時に、自然に早足となり、雨に濡《ぬ》れるのも構わず駆け出していた。

迷うことはなかった。なぜならここは「僕の住んでいた街」だからだ。

うっかり返却を忘れて長期出張に行ってしまい、莫大な延滞料を支払わされたレンタルビデオショップ。アルバイトの女の子が可愛くてつい足を向けていた弁当屋。いつ行っても観客が僕一人で、とうとうつぶれてしまった小さな映画館……。

街の風景のそこかしこに、僕が住んでいた証《あか》しのように、思い出が刻まれていた。それだけで、どこにでもある街の風景が、僕にとって特別なものとなる。

息を切らして一軒のアパートの前で立ち止まり、建物を見上げる。

「三階の、三〇四号室……」

僕が住んでいた部屋だった。

住んでいた頃の様々な思いが交錯する。この街での僕の喜びや悲しみ、ささやかな幸せや寂しさ、そしてわだかまりも鬱屈も、すべてがあの部屋に詰まっているのだ。懐かしさに、思わず涙がこぼれそうになる。

はやる気持ちを抑えて、ゆっくりと階段を上った。三階の一番奥の、西日のあたる1LDK。

そこには、僕のものではない名前が書かれていた。

拒絶されたような気持ちで、ドアノブに伸ばした手を戻し、見知らぬ名前を見つめ続ける。

「僕が、ここに住んでいたはずがない」

自身を強引に納得させるためにも、そう口にする。

僕は五年前に大学を卒業してすぐに、首都にある今の会社に就職したのだ。この街には、会社の支店も出張所もあるわけではない。僕がここに住んでいたはずはないのだ。隣の部屋の住人が顔を出し、たたずむ僕を胡散臭《うさんくさ》げに見つめる。我に返った僕は、あわててアパートを後にした。

何度もアパートを振り返りながら、駅に向かって歩きだす。落ち着きを取り戻してきた僕は、自分の身に何が起こったのかを次第に理解しだしていた。

今、僕が歩む人生は、日々の無数の選択肢で枝分かれしたうちの一本にすぎない。もし、僕が違う大学に合格していたら、違う会社に入っていたら……。その時は、僕はこの街に住んでいたのかもしれない。たまたま、降りるはずのない場所でタクシーを降りてしまったせいで、僕が歩んでいたかもしれないまったく別の人生を、垣間見《かいまみ》てしまったのではないだろうか。

歩きながら、僕は気付いていた。さっきまであれほど鮮明だったこの街での記憶が、次第に薄らいできていることに。まるで夢の中で見た風景が、目覚めと共に急速に色褪《いろあ》せていくように……。

駅が近づいて、次第に街は賑《にぎ》わいだし、人通りも多くなった。商店街を横切る線路の踏切で、電車の通過を待ちながら、遮断機の向こうに立ち並ぶ多くの人々を見るともなく眺める。見知らぬ街の、見知らぬ住民たちが、傘を差して立ち並ぶ。僕は、彼らの誰とも繋がりえないということが、何故《なぜ》かしら不思議に思えた。

遮断機が上がり、人々がいっせいに動きだす。僕の横を通り過ぎていく、見知らぬ顔、見知らぬ顔、そして……。

思いよりも先に言葉が出た。

「郁美《いくみ》……さん？」

突然名前を呼ばれた女性は足を止め、驚いた表情で僕を見つめた。ミントブルーの傘を差したまま、思案顔で左手を口に添える。僕が誰だったかを必死に思い出そうとしているようだった。

「あの、失礼ですが、どこかでお会いしましたでしょうか？」

真顔で尋ねられ、僕は説明のしようもなく口ごもる。

「あ……すみません。人違いでした。知り合いに、とても似ていたもので」

「そうですか。でも、名前まで同じなんて、偶然ですね」

警戒を解いた表情で、屈託のない笑顔を見せる。彼女は首を傾《かし》げ、何か懐かしいものを思い出すような表情を浮かべた。

「だけど私も、どこかでお会いしたような気がするんです。気のせいなんでしょうか？」

言葉につまり、僕は彼女の笑顔を見つめて立ち尽くす。その時、警報機が鳴り出した。

踏切の中央で話していた僕たちは、あわてて、それぞれの進む方向へと分かれた。

遮断機が下り、線路の向こうで彼女は僕に小さく会釈をし、背を向けて歩きだした。

「郁美……」

彼女は、この街に住んでいた僕の、恋人だった。

小さくなっていく彼女の、ミントブルーの傘を見送る。

彼女の左手の薬指には、指輪があった。そしてそれは、僕も同様だ。

僕のこの街での記憶には、彼女と僕がどういう結末を迎えたのかは刻まれていない。だけど、もしこの街で暮らしていれば、僕たちは結ばれ、二人でこの街に住んでいたのかもしれない。

その思いを引き裂くように、電車が横切った。彼女と僕の世界を隔てて、電車は轟音《ごうおん》と共に通り過ぎる。

遮断機が上がると、もう、彼女の姿はなかった。目の前には、見知らぬ、そしてどこにでもある街の風景が広がっていた。

いつの間にか、雨は上がっていた。僕は傘をたたんで、駅に向けてゆっくりと歩きだした。

📖 緊急自爆装置

「瀬野下《せのした》さん、お客様です」

　アルバイトの女の子の声に、私はパソコンに向けていた顔を上げた。重たげな肩かけ鞄を下げた背広姿の男が、斜めに姿勢を傾けたままお辞儀をした。大きなカタログ等を持ち運ぶ営業マンに特有の姿勢だった。七月に入り、クールビズで半袖ノーネクタイの私とは対照的に、男は紺のスーツ姿だが、営業回りで暑さ慣れしているのか、汗一つかいていない。

「一階ロビーの公衆電話が置いてあったスペース、だいぶ空いておりますなぁ」

　名刺を渡して挨拶をする型どおりの営業ではなく、世間話から自然に商談に持ち込むパターンを持ち味とするようだ。

「え……、ああ、そうですね」

　携帯電話の普及に伴い、公衆電話の需要は年々減ってきている。かつてはロビーに六台並んでいた公衆電話だが、段階的に数を減らし、今では二台になっていた。四台分の空きスペースは、他に転用すべき用途もなく、市からのお知らせチラシの置き場としてしか利用していない。

「あの空きスペースを有効利用させていただけないかとのご提案です」

男がカラー刷りのパンフレットを差し出した。

「緊急自爆装置？」

「ええ、自爆装置というと、今までは個人で携行するものが主流でしたが、私どもでは、据え置き型の自爆装置の設置をご提案しているところでございます」

「なるほど」

近年ますます、日常生活で「自爆」を求められる状況は多様化している。自爆装置の販売実績は、十年前の三倍以上だという新聞記事を読んだ覚えがある。

この市でも自爆装置の購入には補助金を出しているが、まだまだ個人で持ち歩く習慣は根付いていない。いくら軽量化したといっても、二キロほどはある自爆装置を常時持ち歩くというのは、なかなか骨が折れるものだ。公衆電話が撤去された空きスペースに、誰もが使える緊急自爆装置を設置するというのは、いいアイデアだろう。

「しかし、この値段は少し、高くはないですか？」

市販の自爆装置の値段は、私も量販店で確認したことがある。それより明らかに高い単価が、別添の価格表には示されていた。

「自爆装置単体の価格としてみれば、それは市場価格の一・五倍で、確かに、割高と言えるでしょうね」

営業マンは、私の言葉を素直に認めた。

「ですが私どもは、商品を納入したらそれで終わり、という考え方ではございません。自爆装置使用後の自爆者親族への連絡、自爆地点の清掃、原状回復など、その一切のメンテナンス費用までを含んだところの値段となります」

自爆にまつわるすべての処理を肩代わりしてくれると考えれば、「お値打ち価格」だと言えなくはない。

「検討させていただけますか?」

男は、私の「検討」のニュアンスに、多少なりとも前向きの意思を感じ取ったようだ。

「それでは、ご連絡、お待ちしております」

男は立ち上がり、鞄を肩にはめ込むようにして下げると、傾いた姿勢でお辞儀をした。

「緊急自爆装置か……」

来年度予算の課内での調整会議で、米田《よねだ》課長は腕組みをして、私の提案について考えていた。

「作田《さくた》市の事例もあるからな。先手を打って手配しておいた方が得策かもしれんな」

作田市民が市役所を訪れた際、自分の言い分が認められずに、持参した自爆装置を使おうとしたものの、自爆に適当な場所がないからと、職員に阻止された事例が問題になった。市民が自由に自爆する権利を妨げられたとして、市民団体が市に対して訴訟を起こしたことは記憶に新しい。公共施設が、今よりいっそう市民の自爆に配慮しなければならないとする風潮になるのは、目に見えていた。

「設置するのはいいが、何を削減する？」

新たに導入するからといって、予算が簡単に増やせるわけではない。むしろ財政部局から、前年比五パーセント削減を迫られている状況だ。何かと引き換えに導入するしかない。それについては、すでに私は目星をつけていた。

「今年度の備品利用実績で見ますと、削減可能なのは、職員用の事務効率化推進装置ですね」

「ああ、あれか……」

「一日一時間の残業時間が短縮できる」という触れ込みで、議員を介しての売込みがあり、職員の事務効率化のために導入した備品だった。ところが使ってみると、起動から使用可能状態になるまでに一時間以上かかり、その間は装置を装着した職員は身動きができないとあって、昨年五台を導入したものの、利用状況は芳しくなかった。残業時間短縮にも期待したほどの成果は上がっていない。

「来年度も五台を導入する予定でしたが、利用実績に応じて、購入数を二台に削減すれば、そこで三十一万三千二百五十二円の削減が可能です」

「よし、それでは、試験的に導入してみるか」

米田課長は腕組みをしたまま、予算使用の許可を下した。


「瀬野下君、ロビーの自爆装置、市民にも評判がいいみたいだよ」

部課長会議から戻って来た課長は、開口一番、機嫌良さそうに言って、丸めた会議資料で私の肩をたたいた。

「そうですか。それはよかった」

四月から設置した緊急自爆装置だが、さっそく四月中に二回の使用があった。納入した業者も、契約通りにアフターケアに訪れ、自爆から数時間で原状回復をしてくれる。何の問題もなかった。周辺自治体でも、追随して設置しようとの動きがあるとの情報も入って来ていた。

「市長も喜んでおられてね。今度、市報で紹介しておくようにとのことだ。原稿をお願いできるかな」

「はい、わかりました」

私はパソコンの文案フォルダから適当な「ひな形文書」を見繕って、それを原稿用に修正していった。

——市役所に、緊急自爆装置を設置しました——

近年、ライフスタイルの多様化に伴い、市民の皆さんが外出時に必要とされるものも、多種多様となってきました。市役所に来られた際、急に自爆したくなったのに、自爆装置の用意がない。そんな経験はありませんか？

当市の自爆装置の個人普及率は20・7％と、まだまだ低く、望む人が望む場所で自爆をできるという理想とは、ほど遠い状況です。

そんな皆さまのために、市役所一階ロビー東側に、緊急自爆装置を新たに設置しました。市民の皆さまは、どなたでもお気軽に自爆できます。どうぞご利用ください。

原稿案を裏紙の再利用用紙に出力し、課長に諮る。

「このフレーズ、『お気軽に自爆できます』、は、表現としてどうかな？」

課長は、赤鉛筆で私の文章を添削し、顔を上げた。

「誰でも利用可能だということをアピールしたかったんですが」

「そうか。そうだな……」

課長は頰の内側を嚙むようにして、しばらく考えていた。

「税金で購入する消耗品だからね。『お気軽に』だと、無駄遣いを推奨しているように聞こえかねないからね」

業務を円滑に遂行する上で必要なのは「バランス感覚」だ。

「そうですね。それでは……、『急な自爆の際にも安心してご利用いただけます』あたりでどうでしょうか？」

「まあ、そんなところだろうな」

原稿を完成させ、課内の決裁を取った上で、広報課のシステムに入力を完了させる。

次の仕事に取りかかろうとした矢先、電話が入った。妻からだ。

「すぐに帰ってきて、美阿《みあ》が怪我《けが》したの！」

取るものも取り敢えず、早退して家に戻る。娘の美阿の痛々しい包帯姿に、私は思わず声を荒らげた。

「美阿に何があった？」

「同じクラスの、のぼる君が自爆したんですって」

「だからって、どうして美阿が怪我を？」

「教室で自爆したそうなの。美阿は廊下にいて気付かなかったから、割れた窓ガラスの破片が飛んできて、それで……」

「窓ガラスのそばだなんて、なんだってそんな危険な所で自爆したんだ、その子は？」

妻にあたってもしかたのないことだが、つい怒りの矛先を向けてしまう。

「今から、先生とのぼる君のお父さんが謝りに来られるって」

詳しい状況は、妻に聞くよりも先生に尋ねた方が確実だろう。そう思い、私は言葉を呑み込んだ。

三十分程して、担任の若林《わかばやし》先生とのぼる君の父親が連れ立ってやって来た。スーツ姿の父親は私と同様、会社を早退して駆け付けたのだろう。

「このたびは、娘さんにとんだご迷惑をおかけいたしまして」

のぼる君の父親が、玄関先で土下座でもせんばかりに深々と頭を下げる。

「取り敢えず、状況を説明してもらえますか？」

すぐに謝罪を受け入れるわけにはいかなかった。リビングのソファで、二人と向き合う。先生は、三十代にしてすっかり薄くなってしまった頭髪をかき上げて、額の汗を拭いながら話しだした。

「のぼる君は、昼休みに、仲のよいたかし君やしゅういち君と、教室の後ろで遊んでいたのですが、昨日、放課後に一緒に遊ぶ約束を、のぼる君が忘れていたそうなんですよ。それで、二人に糾弾されましてね。旗色が悪くなったので、教室に設置してある自爆装置を使ってしまったようですね」

「のぼるの、自爆装置の使い方としては間違ってはいなかったはずなんですが……」

低姿勢に頭を下げつつも、互いに少しでも責任を押し付け合おうとの目論見《もくろみ》が透けて見える。

「使い方が間違っていなかったなら、美阿が怪我をすることもなかったはずですけどね」

語気を強めると、のぼる君の父親は言葉に詰まり、唇を噛んで俯いた。

「のぼるがいるなら、本人にきちんと謝罪させるのですが」

もちろん私も、自爆した本人に謝りに来いなどと、無理難題を言うつもりはなかった。

「学校では、正しい自爆の仕方について教えていなかったんですか？」

私の疑念を吹き飛ばそうとするように、先生は大げさに首を振った。

「いえいえ。毎年一回は、自爆学習を行うように定められていますので、自爆の際に周囲に迷惑をかけないようにとは教えています。ですが、あくまで机上での学習ですから、実際の爆破の威力や爆風の届く距離までは体験していません。のぼる君は影響範囲を甘く見積もっていたようでして……」

実際、テレビアニメや特撮ヒーローものの中では、追い詰められた敵がすぐそばで自爆するのに、ヒーローは傷一つ負わないというご都合主義な場面が多々ある。「自爆への健全な理解を妨げる」として自爆装置組合がテレビ局に異議申し立てをしたことは、ちょっとした話題になった。

「最近は、若者の間で、面白半分に自爆する風潮もあるので、教育現場でも、対応に苦慮しているのが現状なんですよ」

確かに、そうした風潮があるということは聞いていた。大学生のコンパでは、飲み会の一発芸での自爆まで流行っているという。

「まあ、幸い美阿の怪我は浅くて、傷跡もほとんど残らないということですので、今後はこういったことがないよう、充分に気を付けていただけますか」

「はい。それはもう……」

「このたびは、真に申し訳ございませんでした」

先生とのぼる君の父親が同時に立ち上がって、同じ角度のお辞儀をした。

治療費のことや、今後の児童への自爆指導の徹底について話して、二人は帰っていった。

「美阿、大丈夫だったか？」

お風呂に入りづらいと不平を言っていた美阿は、パジャマを着て寝る時になって、ようやく気持ちが落ち着いたようだ。

「なんで男子ってあんなにがさつなんだろう。自爆する時は人に迷惑をかけないって、常識なのに」

「まったくだな。美阿、お前はのぼる君みたいに、人を傷つけるような自爆はしちゃダメだぞ」

私はそう言って、美阿の頭を撫でてあげた。膨れっ面だった美阿は、なぜだか今は、心にわだかまりがあるように、唇を噛んでいる。

「どうしたんだ、美阿？」

「……ホントはのぼる君、昨日はあたしと遊んでたんだ。女の子と一緒だったなんて、たかし君たちには言えなかったみたい。だから、自爆しちゃったんだ」

「そうだったのか……。だけど、どんな事情であれ、自爆はのぼる君が自分自身で決めたことなんだ。美阿がそんな風に落ち込むことは、のぼる君の決断を汚すことになってしまうよ」

「うん、わかってるよ」

そう言って美阿は、肩を落として自分の部屋に向かった。妻からは、美阿がバレンタインデーにチョコを渡した相手がのぼる君だということは聞いていた。

「難しいものだな……」

内線電話がかかってきた。一階の総合案内からだ。

「緊急自爆装置、市民の方が利用されました」

「わかりました。すぐに業者に連絡して、原状回復させますので」

電話を切って、私はため息をついた。

「まいったな、じきに予算がなくなるぞ」

緊急自爆装置の導入から三ヶ月が経過した。一ヶ月に一個程度利用されるという予想から、年間で十二個分の予算しか組んでいない。今回の利用で今年度五個目だ。三ヶ月で五回の利用は、明らかにペースが速すぎる。

「ご自由にどうぞとはいえ、あまり『ご自由に』されても困ってしまうな」

課長はいつものように頬の内側を噛むように口をすぼめ、顎を撫でている。

「注意書きを出しておきます。利用を妨げず、乱用を抑えるような……。もっとも、効果があるかどうかはわかりませんが」

「そうだな……」

効果については期待できないが、使用抑制に向けての対策は施したという姿勢だけは見せておかなければならなかった。

――これは「緊急自爆装置」です。緊急の場合以外は、使用しないでください――

結果的に、貼り紙は完全に逆効果だった。「通り抜け禁止」の貼り紙が、「ここは通り抜けができる近道だ」ということを知らしめる誘導看板になって、通り抜けする人が増えてしまうようなものだ。却《かえ》って利用頻度が上がってしまった。

結局十一月には、購入した十二個はすべて使用されてしまった。

「課長、予備費で追加購入しますか？」

課長は、机に置いた手の人差し指で、とんとんと机を叩いていた。それは、「望ましいが、現状では難しい」という意思表示だった。

結局、補充は見送ることにした。底を突いてしまったら、来年四月までは自爆装置は置かず、昨年度まで通り、パンフレット置き場として利用するしかないだろう。

「瀬野下さん、お客様です」

顔を上げると、二人の男が市民対応カウンターの前に立っていた。貧相なジャンパー姿の猫背の男と、水色のジャケットの下に色の落ちたジーンズという絶望的な色合わせの服装の男の二人組。ジャケットの男は、うるさ型の革新派の議員だ。

「こちらの方が、最近、市役所に来てお困りになったそうでね」

「はあ、どういった内容でしょうか？」

わからないまま、二人に座ってもらう。議員は、促すように、ジャンパーの男の肩に手を置く。

「……自爆装置がなかったんですよ」

男は眼を伏せるようにして、ぼそぼそと喋《しゃべ》りだす。カウンターの上で手を組み、指先の汚れを落とそうとするかのように忙しなく親指を動かす。

「市の広報で、市役所に自爆装置があるって言うんで、自爆しにきたんだけど……」

「ああ、そういうことですか」

二週間前に、今年度予算分の十二個の、最後の一個が利用されたばかりだ。男はその後に利用しようとしたのだろう。

「それは、ご不便をおかけいたしまして、大変申し訳ございませんでした」

まずは型どおりに謝罪するしかない。謝罪とは言葉どおりの意味は持たない。単なる儀式のようなものだ。

「しかしですね、市役所に設置してある装置は、あくまで市役所を訪れた際に、緊急に自爆する必要性が生じ、その際に手元に自爆装置がないという場合にご利用いただくものです。最初から、自爆することを目的に市役所に来られるというのは、自爆装置利用の趣旨とは違いますので……」

「ほう……。市民の自爆する権利を奪うつもりですか？」

口を挟んだ議員が、ねちっこい声で、念押しするように確認してくる。それが、彼が市役所と「交渉」をする上での常套《じょうとう》手段であることは承知の上だ。

「しかし……私どもも、限られた予算の中でやっておりますので、そうした形での要望にまで応えていますと、歯止めが利かなくなってまいりますので……」

「それでは、自爆する権利は、自爆装置を買える金持ちにしかないということですかな？　彼も立派な市民の一人なんだよ」

貧相な男の様子からすると、納税も免除されていることだろう。「市民の一人」ではあったが、「健全な市政」を支える市民ではなかった。もちろん、そんな内心の思いを吐露できるはずもなかったが。

「公共の場における自爆装置は、一種のセーフティネットとしても機能しているんですよ。予算がどうこうではなく、もっと市民目線で考えてほしいものですなあ」

議員は、含みを持たせた声で身を乗り出した。微かに口臭が漂ってくる。

――やはり、例の件の意趣返しということか……

以前、彼に要求されていた、「市役所内のすべての階段の踊り場を、ダンスフロアとして整備すること」という要求を、やはり予算の遣《や》り繰《く》りができないという理由で断った経緯があった。その結果、予算審議の際に重箱の隅を突《つつ》いたような質問を何度もされて、課長が答弁に苦慮させられていた。

「瀬野下君だったかな。君ね、時代の変化を先取りしていかなきゃならんよ」

議員は、したり顔で話しだす。

「今や、自爆する自由というものは、市民が当然享受すべき権利なのですよ」

カウンターに肘をついた彼は、教え諭すように、指先を私に向けた。

「煙草でもそうだろう？　昔は嫌煙権なんて考え方はなかった。職場だろうと電車の中だろうと、誰もが煙草を吸い、その煙に文句を言う者もいなかった。それが今では、電車の中もレストランも全面禁煙だ。煙草を吸わない者の地道な活動が、『煙草の煙に悩まされない権利』を勝ち取ったんだ」

彼は、まるでそれが自分の手柄だと言わんばかりに胸を張る。

「この国ではもともと、謂《いわ》れのない屈辱を受けた時には、自ら腹をかっさばいて、個人の尊厳を守り抜いたんだ。現在ではそうした自刃の準備ができない以上、辱めを受けた場合に個人の尊厳を守るものは、自爆装置しかないじゃないか。つまり自爆というものは、生まれたばかりの赤ん坊だろうと、寝たきりの老人だろうと、等しく平等に与えられている、いわば『天賦の権』なんだよ」

「それはわかります。ですから、個人の自爆の自由を尊重するために、自爆装置を携行する権利が認められているわけですから……」

「貧乏人には自爆する権利はないっていうのか！」

議員がカウンターを叩いた。音が響いて、フロア中の視線がこちらに集まった。

「議員、どうされました？」

課長が私の隣の椅子に、身を滑り込ませるようにして座った。大声を出した議員を諌《いさ》めるでも、非難するでもない、絶妙なタイミングと声音で。課内の誰かが気をまわして、部内会議中だった課長を呼び戻してくれたようだ。

「いやね、君の部下が、あんまり融通がきかないもんだから、説教しておったところだよ」

再び始まった議員の「演説」を、課長は過不足ないタイミングで頷きながら聞いていた。迎合もせず、否定もせず、相手の話をじっくり聞いているように見せながら、落としどころを探る頷きだ。私はまだ、あの頷きの技術は会得していない。

「なるほど、議員のおっしゃることはごもっともです。ですが……」

課長は腕を組んで眼を閉じる。語尾の「ですが」は、言葉としては否定形であるが、ニュアンスから私は、課長の進む方向が「妥協」であると理解して、予算の残額を頭の中で計算し始めていた。

「君、予備費をまわせるか?」

課長が私に話を向けた頃には、胸算用は終了していた。

「わかりました。追加で発注します」

他に優先すべき備品は多々あったが、今は要求を呑んでおいた方がよさそうだ。

「困りましたねェ……」

市民生活課の美濃田《みのだ》係長は、くたびれた事務服によって存在そのものまでくたびれてしまったように、肩を落としてため息をつく。

「自爆装置購入補助を受けたものが、市役所の自爆装置を使うのは、二重に税金の補助を受けていることになるのではないかと、監査の方から指摘が入りそうでしてね」

係長が差し出した自爆装置購入補助対象者リストには、確かに三ヶ月前に市役所の自爆装置を利用した人物の名が掲載されていた。

「だからといって、今さら自爆者本人から補助金を返却させることなど、できるはずもありませんしねェ……」

自爆者には家族がいるが、たとえ配偶者といえども、個人名で受けた補助金を、受給者以外から返却させるわけにはいかない。

かといって、自宅で手つかずのままの自爆装置を返却してもらえばいいというわけでもない。いったん個人の手に渡った自爆装置は、どんな不具合が生じるかもわからないので再利用はできず、廃棄処分するしかない。いずれにしろ、市側のチェック不足で税金が無駄に遣われたという状況は変わらない。

「困りましたねェ……」

どちらの課も、庁内の定期監査は今月末に入る予定だ。

「緊急」と名がつく通り、自爆とは事前にその機会が予測できるものではない。突然、必要性が生じるものだ。使用前にいちいち、「あなたは自爆補助を受けられていますか？」などと使用者に聞くことなどできるはずもない。

課長は、美濃田係長が持ってきた補助対象者リストを片手に、しばらく考えていた。

「家族利用ということで、乗り切れないかな？」

「しかし、この人物は、個人利用で申請書を出していますから。書類を書き直すわけにもいかんでしょうし」

美濃田係長が大げさに首を振る。課長は、彼のくたびれた事務服の襟元を見つめながら言った。

「個人利用で取得した自爆装置を、誤って家族の誰かが使用してしまった。だから自爆者当人は、市役所の自爆装置を使わざるを得なかった……。という筋書きでどうだろう」

確かにそれならば、責任は市役所側ではなく、自爆者側にあるということになる。二重補助に違いはないが、監査に対しても、「本人自爆につき、補助金回収不可能」という申し開きが強く押し出せる。

「しかし、時間的なズレはどうしようもないですよ」

課長の筋書きを正当化するならば、家庭にあった方の自爆装置が先に使用されていなければ、辻褄《つじつま》が合わなくなる。

「監査は四半期分をまとめてだろう？　購入補助対象者も、市役所の自爆装置利用者も、監査への提出リストには自爆した日付は必要ない。つまり、この三ヶ月の間に両方が使用されたという実績さえ作れば、監査の指摘は乗り切れるはずだ」

課長は、後は二人で考えろと言うように、席を立った。

業務を円滑に遂行する上で重要なのは、抜本的な解決能力ではなく、調整能力である。それを、改めて教えられた気分だ。

「ちょっと、電話をお借りしますよ」

美濃田係長はここで一件落着させる心積りらしく、さっそく自爆者の奥さんに電話をかけだす。

「ああ、奥さんですか。市役所の美濃田ですけどね。ええ……、例の件で。いえいえ、こちらこそ、すみませんねえ」

係長の市民対応は「懇願型」だ。徹底的に下手に出て、いつの間にか、市民に対してこちらの要求を通してしまう。

「そうなんですけどねぇ、まぁ……こちらも困っとるわけなんですわ。はい……、というわけなんですがね。ええ、ええ……わかっておりますよ、それは。ですがねえ……」

土俵際の粘り腰のような、辛抱強くねちっこい係長の攻勢が続く。漏れ聞こえる相手方の声の様子だと、かなり強硬に反発しているようだ。

「いえいえ、そんなわけじゃないんですよ。ですがね、奥さん、考えてみていただきたいんですよ。えっ？　まあ、それはですね、ええ、確かにそうなんですが……」

相手は美濃田係長を追い詰めているように見えて、その実、もはや後戻りのきかない体勢になって、土俵の外に身体がはみ出している。係長がするりと身をかわせば、相手はあっけなく、土俵の外に落ちる。

「申し訳ありませんね、奥さん。はい……はい、それでは、ええ。よろしくお願いします」

二十分後、受話器を置いた係長は、大儀そうに肩をすくめる。

「奥さんが了承されました。今から息子さんに、使わせるそうです」

係長は、相変わらずくたびれた様子で立ち上がった。今月中に、自宅にある自爆装置が使われれば、監査は乗り切れるだろう。


「市長が自爆装置を使ったそうだ」

課長が、席に戻るなり、倒れ込むように椅子に座った。

「なんだって？」

さすがに課内に衝撃が走った。

「確か市長は、自爆装置の使用は禁じられているはずですよね」

市長に限らず、議員や首長など選挙によって選ばれた者は、自爆する権利を停止される。市民の信任を得て活動している期間を、自爆によって不当に短縮する行為は、市民にとっての損失につながるという考え方からだ。市民に模範を示さなければならない市長が、率先して法律違反をしてしまったのだ。

「いや、市長は自爆装置を使うには使ったんだが……」

課長は深刻そうに首を振って、言葉を濁す。課長がそこまでの反応を示すとは、余程のことだ。

「市長は、他人に自爆装置を投げつけたんだ」

「それは……」

収賄疑惑を追及してしつこく付きまとう新聞記者がいて、怒りに我を忘れてしまったらしい。自爆装置が危険物としての認定を受けていないのは、あくまで自傷作用としての機能しか持っていないと見做《みな》されているからだ。それを他人への攻撃のために使うとは。まったくの用途外使用だ。市長が取ってよい行動ではない。

「やれやれだな」

珍しく、課長が弱音を吐いている。

「議会で追及されるだろうな」

あの革新派議員が、水を得た魚のように、生き生きと噛みつくであろうことは目に見えていた。

その夜、総務部内の部課長が集まって対策会議が開かれた。

戻って来た課長から簡単な経過説明と、各課のなすべき対応が示された。

「総務課が議会対応、秘書課がマスコミ対応、広報課が市民への説明。うちは、市民啓発を担当することになった」

対策会議とは、どうやって最低限の「対処」で火消しをするかを考える場だ。火を消すことよりも、火を消すための準備をし、アクションを起こしたことを知らしめることが主目的となる。どんな大きな火事でも、一ヶ月以上も燃え続けはしない。

「というわけで、自爆装置の使い方の市民啓発用映像を作製するよう、部長から指示があった」

市長までもが誤って使ってしまうほど、自爆装置の正しい使い方が市民に浸透していない、という論法で、市長や市役所への批判を最小限に抑えるという方向性のようだ。

娘が、クラスメイトの自爆のとばっちりで怪我をしたことを思い出す。自爆装置が悪いわけではない。それが適切に使われていないことが、問題を起こしているのだ。

過去にも何度か、市民啓発用の映像作製の委託業務に携わったことがある。市内の映像制作業者に知り合いがいるので、無理を言って、すぐに仮の見積りを出してもらった。

「ナレーションは外注するとして、実際の演者までを雇う予算はないですね。課内で遣り繰りするしか」

「君、お願いできるかね」

課長は、見積書のファックスの数字を一瞥すると、用紙と共に私に返答を返した。

「早い方がいい。明日にも業者選定を始めてくれ」

「わかりました。すぐに、手続きを取ります」

映像関連予算はうちでは確保しておらず、総務課で管理している。私は総務課に連絡して、映像関連予算の残《ざん》を確認し、予算使用の了承を得た。

すぐに業者選定の手続きに入る。委託料の金額からすると、四社程に見積りを取って入札をすればいい。私は契約に関する書類のひな形を修正して、決裁文書を作成した。

市民生活課の美濃田係長に電話をして、事情を説明する。

「そこで、私がＤＶＤの演者になる予定なんですが、私は一年前に、購入補助を受けて自宅に自爆装置を持っているわけなんですよ。それで、この間みたいな二重補助になってしまう可能性があるんですが……」

「ああ、わかりました。公務利用届を出してもらえれば、それは問題ないと思いますよ。ええ」

係長に了承を得た上で、市民生活課へ提出する書類を作成する。業務を遂行する上で、正しさとは、「正義」でも「公正さ」でもない。ただ単に、「手続き上の瑕疵《かし》がない」ということを意味する。

すべての準備を終えた。

「そうだ、一つ忘れていたな」

電話機に手を伸ばし、内線電話をかける。

「はい、人事課です」

「来月から一人、職員の欠員が生じますので、臨時職員の補充の手続きをお願いします」

📖 流出

「情報が、流出しているそうだ」

一日の仕事を終え、帰り支度をしていたところを部長に呼び出された時から、嫌な予感はあった。

「会社の機密ですか？」

部長室に二人きりではあったが、俺は自然に、声を潜めた。

俺だけが呼び出されたということは、機密漏洩《ろうえい》の疑いをかけられているということだろうか。確かに俺は、社内の新規プロジェクトに関わっており、ライバル企業に知られたら致命的な情報も握っている。

だがそれだけに、情報管理には人一倍、気を付けている。データメディア等で社外に機密資料を持ち出さないのは当然のことだ。酒を飲みに行って、気が大きくなったところで見知らぬ人物に接触されたような覚えもないし、ましてやハニートラップに引っかかるなどもってのほかだ。

部長は、俺の思いを察したように首を振った。

「流出しているのは、会社の情報じゃない。君の個人情報なんだよ」

「個人情報……？」

スパイ容疑がかけられているわけではないことには安堵したが、今度は違う不安が頭をもたげる。

「いったい、俺のどんな情報が流出したんでしょうか？」

「いや……」

部長は、言葉にすることをためらうように、顎を撫でながら言葉を濁す。

「まあ、君自身は、詳しく知らない方がいいんじゃないかな」

「しかし……」

他ならぬ、俺自身の情報なのだ。そんな中途半端な知らせ方をされては、かえって気になってしまう。

「とにかく、君の情報が流出している。今はそのことだけを心にとめておいてくれ」

「……わかりました」

納得はしていない。だが、そう言うしかなかった。

その夜、一人暮らしのマンションに戻った俺は、着替えもそこそこに、パソコンを立ち上げた。部長は俺の情報の流出先について明言はしなかったが、考えられるのは、インターネットくらいのものだ。

検索サイトで、名前を打ち込んで調べてみる。平凡な苗字《みようじ》と名前の組み合わせなので、検索結果は数千件が表示された。

検索上位から順にチェックしてゆく。俺と同姓同名の赤の他人の「個人情報」だ。「釣り大会第三位入賞」や、「インターハイ出場」、「喜寿のお祝い」など、若者から年寄りまで、さまざまな同姓同名の「誰か」が、そこにいた。俺自身も、学生時代のサークルのホームページのOB名簿の中に、名前を見つけた。

だが、それだけだった。住所や生年月日と組み合わせて検索してみたが、何の情報もヒットしない。

「個人情報か……」

そう呟いて、俺はパソコンをシャットダウンした。消えることを拒むように、しぶとく画面は残り続けていたが、やがて命脈が尽きたように、画面はブラックアウトした。俺と「世界中」とのつながりが遮断される。

当の本人が探し出せないような情報が、果たして他人に容易に見つけ出せるものなのだろうか？

パソコンを閉じて、改めて考えてみる。

そもそも、俺に「流出」して困るような「情報」などあるだろうか？

不正な手段で利益を得た覚えもないし、女性関係で揉めた経験もない。犯罪に手を染めたりなど、するはずもなかった。もちろん聖人君子ではないのだから、一日すべてを見張られていれば、車のスピード超過や、横断歩道の信号無視などはやっている。だがそんな「違法行為」は誰もがやっているし、公表されたところで、俺が社会的に抹殺されてしまうような類のものでもない。

では、金銭的な面での被害だろうか？　もちろん、通帳やカードの暗証番号などが流出していれば被害の恐れもあるが、そもそも、たいしたお金を蓄えているわけでもない。カードや通帳も問題なく使えている。入浴中の裸の写真でも流出しているのなら別だが、誰がただの三十男の部屋に隠しカメラを仕掛けるというのだろう。

結局のところ、俺自身のどんな「情報」が流出しようとも、俺にも会社にも、何の悪影響も及ぼさないという結論に達した。俺の個人情報の流出というのは、部長の勘違いだったのではないだろうか？

結局、何の手がかりもつかめないまま、翌朝、いつものように出社するしかなかった。

フロアに入った途端、いつもの朝の雰囲気が一変した。

「おはようございます」

誰に、という意図もなく発した朝の挨拶は、誰にも受け止められず、フロアの隅に転がっていった気がした。まるで俺の言葉が、その場の和やかな空気すべてを奪い去ってしまったかのように、静まり返ってしまった。

「徳永《とくなが》、おはよう」

しかたなく俺は、同期入社の徳永に、その「おはよう」を再度向けてみた。

「あ、ああ……、おはよう」

徳永は顔を背けた。いつもならば、通勤途中に仕入れたニュースのネタでも振って来て、仕事に取りかかるのを少しでも先延ばししようとするお気楽な奴《やつ》だ。それなのに、今日は小難しい顔をして、始業前から外回りの準備をしだした。

「なあ徳永、何かあるなら、言ってくれないか？」

周囲に聞こえないよう、押し殺した声で水を向けてみた。なぜだろう？　徳永は焦ったように周囲を見渡した。まるで誰かに助け船を求めるように。

「いや、何もないよ……」

その声自体が、動揺を余すところなく伝えた。彼を一夜にしてそれほどまでに変えてしまった理由……。それは、一つしか考えられなかった。

「お前、俺の流出した情報を見たんだな？」

俺は徳永に詰め寄った。

「いや、そんなことは……」

口ごもって目を逸らす態度は、見たと言っているも同然だった。

「教えてくれ。いったい俺の、どんな情報が流出しているっていうんだ？」

徳永は覚悟を決めたように、ようやく俺と正面から向き合った。沈痛な眼差しを向け、僕の肩に手を置いた。

「同僚だから……、いや、友人だからこそ、言わせないでくれないか。頼むよ」

切実な口調から、痛いほどわかった。俺に恥をかかせないために、彼が言っているのだということが。

俺は反射的に、徳永から身を離した。相変わらず、流出した俺の「情報」については判然としない。だが、気の合う同僚である彼ですら、そこまで俺を避け、口にしたくないと思うような情報だということだ。

それはきっと、俺が直接見聞きしたとしたら、眼や耳を塞ぎたくなるような、胸を掻きむしって、知ってしまったことを悔やむような、恥辱を曝《さら》け出す情報なのだろう。

もちろん真実は知りたい。だが、そんな「爆弾」のような真実を、同僚の口から聞き出す勇気はなかった。

その日、俺は部長から、営業先に向かうことを禁じられた。それどころか、電話に出ることすら許されなかった。俺は職場にいながらいないことにされ、急ぐ必要もない統計資料の整理を任せられた。

同僚たちは、俺と同じ空間にいることが気まずいようだった。普段ならぐずぐずと社内に残る者たちもみな、始業と同時に残らず、壁のボードに「外出」の札を掲げて、事務所を後にした。

一人だけ残ったアルバイト事務員の女の子も、俺から最も離れた別の社員の席に座って動こうとしない。あからさまに俺を避けていた。

その日の午後、俺は再び部長室に呼びつけられた。

「困ったことをしてくれたねえ……」

昨日以上に、部長の表情は険しかった。それが、俺を心配してのものではないことは明らかであった。

「会社に、取引先から苦情が入っていてね」

「苦情？」

「あんな情報を流出させるような不注意な社員がいる会社と、今後の取引はできないと言われてね」

苛立《いらだ》った時の部長の癖で、拳でコツコツと机を叩く音が、俺の耳にうつろに響いた。

「そうですか……」

立て続けの予想外の事態に、俺はもう、反駁《はんばく》する気力を失っていた。人はこうやって、追い詰められていくのだろう。

「とにかく、近日中にこの問題が解決しないなら、君の今後の進退も含めて、会社としても考えざるを得ないことになるな」

言葉の意味するものは、俺にもわかる。だが、俺にはどうしようもなかった。

拷問のような就業時間を終えて、俺は職場を後にした。今夜のうちに事態を打開しなければ、俺は会社を追われることになるのだろう。地下鉄の車内で、やっとのことでつり革につかまり、自分の身の振り方を考えていた。

インターネットが普及して以降、情報の流出で人生を誤った例は多くある。際限なく拡大していく情報は、消せば消すほど逆に増殖してゆく。「解決」に至る道筋は存在しない。ただ、情報の海の底に沈んでゆくのを、じっと待つしか……。

だが俺はまだ、自分のどんな情報が、どうやって流出したのかも知らないのだ。原因もわからないのに、解決法が見つかるはずもなかった。

「あっ、あいつ……」

斜め前に立っていた若いカップルの男性の方が、何かを発見したように呟いた。

「よくもまあ、表を歩けるよな」

喉の奥で、押し殺したように嗤っている。

「ちょっと、やめなよ」

連れの女性は、不躾《ぶしつけ》な態度をたしなめるように、彼氏の袖を引いた。

「だってあいつ、ほら、例の……」

「えっ、ホントに？　やだっ！」

女性が息を呑んで絶句してしまった。何気なく顔を向けた俺は、真正面から女性と向き合うことになった。二人が話していた対象は、俺だったのだ。

女性は慌てて俺から目を逸らした。見てはいけないものを見てしまったかのように。

——もしかして……

流出した俺の「情報」は、会社の同僚たちだけではなく、すでに見知らぬ他人にまで知れ渡っているというのだろうか？

カップルの言葉で、周囲の人々も、俺に気付いたようだ。あちこちでひそひそ話が始まった。下車する駅ではなかったが、いたたまれなくなって、俯いて車両から飛び出した。扉が閉まると、男の嘲笑も遠ざかった。俺はほっとして、動き出した車両を振り返った。

心臓が止まりそうになった。

列車に乗る乗客すべてが、俺を見ていた。憐《あわ》れむように、蔑むように、あざ嗤うように……。シートに座る者まで、わざわざ背後を振り返って、俺を凝視していたのだ。

電車はスピードを上げて、ホームから遠ざかった。それでも彼らが、俺を見つめているのがはっきりとわかった。


俺はマンションに戻ると、玄関に鍵をかけて窓のカーテンを引き、外の世界から自分を閉ざした。誰からも見られていない、安心できる空間が欲しかった。

だが、こうしている今も、俺の情報は拡散し、増殖し続けているはずだ。どんなに部屋の隅にうずくまり、毛布をかぶっても、俺にはもう、安住の地はないのだ。

チャイムの音に、心臓が凍りついた。閉じこもっても無駄だとばかりに、その音は攻撃的な刃《やいば》となって、俺に突き刺さってくる。

恐る恐る確認したインターフォンの画面の中には、見知らぬ女性が立っていた。切羽詰まった表情で、その音が途切れた時がこの世の終わりだとばかりに、チャイムを連打している。

何が彼女をそうさせているのかわからないまま、俺は必死に耳を塞いだ。

チャイムの連打がおさまった。やっと消えてくれたかとほっとしたのも束《つか》の間《ま》、もっと大きく、部屋全体を揺るがすような衝撃音が襲いかかる。

今度は扉を叩きだしたのだ。骨も折れんばかりに力任せに。鉄の扉は、割れ鐘のような音を響かせる。これでは、周囲の住民も何事かと好奇の目を向けてくるだろう。

扉を開けるしかなかった。

「どう責任を取るわけ？」

俺の顔を見るなり、彼女はつかみかからんばかりの勢いで迫る。間近で見てもやはり、見知らぬ赤の他人だった。

「あなたのせいで、私の人生はむちゃくちゃよ。責任とってよ！」

俺がすべての不幸の元凶だとばかりに、爪のネイルが剝げかけた指を突きつける。

「ちょっ……ちょっと待ってくれ、いったい君は誰だ？」

「誰だっていいでしょ。そんなの関係ないじゃない！」

「関係なくはない！　誰かもわからないアンタの人生を、俺がどうこうできるはずがないだろう」

「責任逃れしないで！　私の人生は、あなたのせいで取り返しがつかなくなっちゃったんだから」

極度の興奮のせいで、立っていられなくなったのだろう。彼女はその場にへなへなと座り込み、幼女のように身も世もなく泣き出した。

もしかしたら、俺の「流出」した情報には、この女性に関わるものも含まれていたのだろうか。

だが、俺にはどうしようもなかった。

泣き続ける女性を置き去りにして俺は扉を閉めた。すすり泣く怨嗟《えんさ》の声が、俺の心に鋭い爪を立てる。

俺は頭を掻きむしり、パソコンのＬＡＮケーブルを引きちぎった。そんなことをしても何も変わらないことはわかっている。だが、そうでもしなければ、気が済まなかった。


部屋の隅で、まんじりともしないまま、朝を迎えた。

いっそ会社を休んでしまおうかと思ったが、そうすれば、二度とこの部屋から外に出られなくなるだろうことは予想できた。俺は床から自分を引きはがすように立ち上がり、出社の準備をした。

マスクをつけた顔をさらに俯けて、世間から隠れるようにして、混み合った通勤電車に乗り込んだ。昨夜の乗客全員から向けられた眼差しが、恐怖と共にまざまざとよみがえる。

駅を出た電車はポイントに差しかかり、車両が大きく揺らいだ。俯いていた俺は、思わずよろけ、隣に立つＯＬの足を踏んでしまった。

「あっ、すみません！」

顔を上げて謝った瞬間、ＯＬと目が合う。一瞬で鼓動が跳ね上がるが、彼女は俺を一瞥したただけで、すぐにそっぽを向いた。

他の乗客も、俺を見向きもしない。たとえ俺が裸だとしても、誰も気にもしないのではないだろうか？　そう思えるほどの、都会の無関心に満ちた場だった。


出社して早々、俺の机には、部長室に向かうようにとのメモが置かれていた。

引導を渡される気分で、俺は部長の前に立つ。

「もう大丈夫だよ。君の流出した情報についての問題は、すべて解消された」

部長の言葉は事務的でそっけない。俺の苦悩など斟酌《しんしゃく》する気もないようだ。

「しかし……」

そんな言葉で、納得できるはずもなかった。

ネット上に一旦流出した情報は、際限なく拡散してゆく。たとえ元の情報を消したとしても、一度コピー&ペーストされた情報は、まったく劣化することなく残り続ける。

「解消」など、永遠にされるはずがないのだ。

「どうかしたのかね？」

短気な部長は、納得していない俺に、苛立ちの表情を浮かべた。

「どういうことなんでしょうか？」

「別人の情報だったんだよ」

「別人?」

「ああ、君とはまったく関係のない、赤の他人の情報だったそうだ。だから君はもう、気にする必要はない」

「そうですか……」

正直に言って、それで納得できたわけではない。だが、決裁書類を抱えた他の課の社員が、俺を押しのけるようにして部長の前に立ち、それ以上の時間を使わせなかった。

部長室を出ると、徳永が待ち構えていた。流出事件以降、俺を殊更に無視し、距離を置いていた同僚だ。

「すまなかったな。てっきり、お前の情報だとばっかり思い込んでいたもんだから……」

頭を掻きながら、申し訳なさそうに謝ってくる。

「いや、誤解が解けたならいいんだ……」

正直に言って、怒りがなかったわけではない。だが今は、安堵の方が勝っていた。徳永は俺の肩を抱き、今夜飲みに行こうと誘ってきた。今までと変わりない、徳永の姿だった。

「ところで結局、流出した情報って、何だったんだ?」

濡《ぬ》れ衣《ぎぬ》とわかった今なら聞くことができる。彼も気楽に答えられるはずだ。なぜ赤の他人の情報が、俺のものと取り違えられたのか。それがはっきりしないことには、胸のつかえが下りるはずもなかった。

徳永は再び、昨日と同じ狼狽を表情に出した。それを拭い去るように、大きく首を振った。

「いや……、もういいじゃないか。今さら蒸し返さなくたって」

「だが……」

彼は、俺の肩に置いた手に押さえ込むように力を込め、耳打ちした。

「俺だって早く忘れたいんだよ。お前も、忘れろ」

押し殺した声に、それ以上を問《と》い質《ただ》すことはできなかった。


すべては、元通りに戻った。

部長からはその後、何の指示もなく、同僚たちとの関係も回復した。道端で見知らぬ誰かに陰口をたたかれることもない。

取引先とのミーティングの時間調整で、俺は公園のベンチに座り、道行く人々を眺め続けた。それぞれに、「個人情報」を抱えた、見知らぬ他人たちを。

「ああ、こんなところでお会いするとは……」

道行く一人が立ち止まった。総白髪《そうしらが》で、チェックのブレザーの下にタートルネックのセーターを着た、六十代と思《おぼ》しき男性であった。

取引先の誰か。学生時代の恩師。退職した会社の元上司……。記憶の中の知り合いと照合してみたが、見覚えはなかった。人の顔を覚えるのも仕事のうちだ。だからこそ断言できる。会ったことはないと。

だが、男はまるで古くからの知人に会ったように笑いかける。

「お互い、災難でしたね」

そう言って彼は、ベンチの傍らに座った。

「あなたは?」

俺がそう言うと、彼は初めて、怪訝そうな表情を浮かべた。

気を取り直したように咳払いをして、周囲を見回す。そこにははっきりと、あの流出疑惑の日々に俺が身にまとっていた、「怯《おび》え」の影が見えた。

「……まあ、もっともですな。あんな目にあったんですから、私と関わりあいになりたくないというあなたの気持ちも、理解できます」

男は、すっかり身についてしまった諦めを持て余すように首を振って、ベンチから立ち上がった。

「結果的には、あなたに迷惑をかけてしまいましたが、私も意図しない形でなってしまったことです。どうぞ、ご容赦ください。それでは……」

男は背を丸め、世間の視線を遠ざけるようにして、雑踏の中に紛れた。

――まさか……？

すでに見失ってしまった男の後ろ姿を追って、俺は思わず立ち上がった。

もしかすると彼が、「流出」事件の真の被害者だったのではないか？　彼の情報が流出し、それが、俺の情報と取り違えられたのだ。

だが……年齢も容貌も、俺とは似ても似つかない赤の他人だった。そんな人物の情報が、どうして取り違えられ、親しい友人すら、俺の情報と信じて疑わなかったのだろう？

もしかすると俺は、俺が思っているような「俺」ではないのだろうか？

男の姿は雑踏に紛れ、他の誰かと見分けがつかなくなり、見つけだすことはできなかった。

📖 公　園

以下の利用を禁ずる

・ペットの持ち込み
・スポーツ遊具の使用
・アルコールの持ち込み
・バーベキュー、花火、その他、火を使う行為
・花見、宴会、その他、座り込んでの歓談
・イス、テーブルの持ち込み
・火器の使用
・自転車、一輪車、三輪車、スケートボードの持ち込み
・飲食
・植物の採取
・楽器、ラジカセ等の使用

・二人以上の大人数での利用

禁止事項が書き連ねられた看板に行き当たった。何十項目もある禁止事項をすべて読み終えないうちに、小さなプレハブ小屋から、男が顔をのぞかせた。私より一回りほど年上だろうか。六十代半ばとおぼしき作業着姿の男だ。

「あんた、何か用かい？」

男は胡散臭そうに、背広姿の私をじろじろと眺めまわした。小屋の外側には、箒《ほうき》や熊手など、年季の入った掃除道具が立てかけられている。

「あなたは？」

「俺はここの管理人だよ」

ぶっきらぼうに、男は言った。

「管理人？　いったい何を管理されているんですか？」

「決まってるじゃねぇか。この公園だよ」

顎をしゃくるようにして、男は背後を指し示した。

「公園……公園って……？」

その名称と、目の前の風景が、すぐに結びつかなかった。私が子どもの頃に遊び、慣れ親しんだ「公園」とは、似ても似つかなかったからだ。

「……遊具は、何もないんですね」

公園といえば、まっさきに心に浮かぶブランコやすべり台、ジャングルジムなどの、カラフルにペンキが塗られた遊具は、何も置かれていなかった。

「遊具？　ああ、危険具のことか。そんなもん、置いてるわけがないだろうが。とっくの昔に撤去しちまったよ」

危険具……。それは、十五年ほど前に生み出された言葉だった。

確かに昔は、回転ジャングルジムやシーソーなど、子どもが少し羽目を外せば事故につながるだろう遊具が、何の注意書きもなく置いてあったし、擦り傷やたんこぶは日常茶飯事だった。

だが、管理する施設すべてに「責任」の所在が求められるようになって、リスクを背負ってまで遊具を存続させようとする気概のある自治体は存在しなかった。あいついで「危険具」は撤去されていった。

「それにしたって、砂場くらいあってもいいでしょう？」

「砂場だって？　そんなもんがあったら、猫が入り込んで糞《ふん》をするじゃねぇか」

その砂で子どもを遊ばせては「危険」というわけだ。

さまざまな「危険性」から、公園の遊具は撤去されていった。もちろん、危険がなく、安全に暮らせることは、現代社会の理想である。だが、すべての「危険性」を排除しようとすれば、人は誰も、家から一歩も出られなくなってしまう。

「危険具がなくなって以来、この公園は実に十八年間、無事故記録を更新しているんだ」

管理人は、そう言って胸を張った。だがそれは、高架化した鉄道で踏切事故が発生しないようなもので、誇るようなことではないだろう。

「遊具……危険具はさておき、木の一本もないのは、どういうことですか？」

季節は、春から夏へと移ろう頃で、日差しは強かった。公園は、子どもの遊び場であると同時に、憩いの場でもあったはずだ。これでは、木陰でほっと一息つくことも、葉風を感じることもできない。

「セミだよ」

「セミ？」

「セミがうるさいって苦情が周辺住民から来てな。特に昔は公園には街灯があって、夜も明るかったもんだから、一晩中セミが鳴いていたんだよ」

繁華街の夏の公園では、かつては珍しくもない光景だった。その騒がしさも含めて、夏の風物詩だったのだ。

「その頃は、二十メートルもある長い棒を持ってな、セミが公園の木に止まったといっちゃ、追い払ってたもんさ」

管理人の男は、なぎなたでも振り回すような恰好《かっこう》で、当時の様子を得意げに振り返っていた。

「とはいっても、全部のセミを追い払えるわけじゃないし、管理人が一日中セミを追いかけまわすってわけにもいかないからな。そのうちどこの公園も、木を植えないってことになったのさ」

遊具に続いて樹木も撤去された公園は、人々の「憩いの場」としての機能も失ってしまった。

「ベンチもないんですね」

営業回りに疲れたサラリーマンや、散歩の途中の老人たちにとって、なくてはならない存在のはずなのに。

「まあ、あれだ。ベンチなんか置いてると、ホームレスがベッド代わりにして、役所に苦情が行っちまうからな。それに、夜に訪れたカップルが、よからぬことを始めちまうだろう？」

公園での不祥事は許さぬとばかりに、管理人の鼻息は荒い。

そして、不審者対策としてフェンスで囲まれ、夜は施錠されるようになってから、街灯も必要ではなくなった。遊具（危険具）、樹木、ベンチ、街灯と、引きはがされるように撤去されていった公園は、単に芝生が植えられただけの空間になってしまったのだ。

「この公園は、この国にたった一つだけ残った、貴重な公園なんだ」

管理人は胸を張るが、それは、「残された」のではなく、たまたま残ってしまったというだけにすぎないのだろう。多くの市が財政破綻の危機を迎え、緊縮財政に陥る中、「公園」は聖域ではなくなった。大規模工業地帯を抱えるこの市は、比較的財政状況にゆとりがあって、「公園」が削減の矢面に立つことがなかったというだけのことに違いない。雨上がりに地面に残った水たまりのような、いずれ消えてしまうことを運命づけられた存在だった。

「入ってもいいですか?」

「なんだと?」

管理人は、思いがけないことを聞いた表情で、顔を上げた。

「あ……あんた、公園に入る気か?」

まだ半信半疑の声で、管理人は私に念押しする。

「ええ、いけませんか?」

「い……いや、そりゃあ公園は誰にでも自由に開かれた場所だから、入っちゃいけねえってわけはねえが」

男は、今までの横柄な態度はどこへやら、急に慌てだした。

「ちょ、ちょっと待ってくれよ。何しろ、前回の利用者が入ってから、三年も経っちまってるからな」

男は小さなプレハブ小屋に入ると、古びた書類整理棚を引っ掻き回した。

「ああ、これだこれだ。あんた、コイツを確認してくんな」

看板と同じだけの禁止事項が書かれた確認書類だった。三枚複写式になっている。私は禁止事項の一つ一つに確認のチェックを入れていき、身分証明書と共に提出した。男はプレハブ小屋の中に戻って、書類を何度も確認している。

「よし、それじゃあ、次は誓約書だ」

男は、別の引出しから、違う書類を取り出した。

「自由で開かれた場所に入るのに、誓約書が必要なんですか？」

「自由で開かれているからこそ、それぞれの考える『自由』ってやつを振りかざして勝手気ままに振る舞ったら、衝突しちまうだろう？　事故が起きないように、車に乗る時は、誰もが交通規則を守る。それは公園も同じってことさ」

それはすでに「自由」という言葉の概念から逸脱しているように思えたが、私が今さらどうこう言っても始まらない。感情を押し殺すようにして、私は誓約書に名前を書いた。

「これでいいですか？」

「待て待て、最後に荷物のチェックだ」

「危険物は持っていませんよ」

「規則だからな。従わなきゃ入れないぞ。鞄の中を見せるんだ」

有無を言わさず、男は私の鞄に手をかけた。まあ、見られて困るものなど入っていないし、危険物などもってのほかだ。

「ほらあった。あんた、これは持ち込めないんだ。一時的に預けてもらうぞ」

「電話ですか？　構いませんが、危険物でもない電話が、どうして規制されるのですか？」

「あれだよ、心臓のペースメーカーに負担がかかるっていう」

「今は電車の優先席付近でも、そうした規制はなくなっているはずですが……」

ケータイからスマートフォン、そして通信方法が一新された「ハンディ」の時代が到来し、そうした懸念は完全に払拭された。今では電車の優先席の目の前でハンディを操作していても、誰も文句は言わない。

「携帯電話の初期の頃の基準で決められていて、それ以来、変わっていないからな。まあ、規則は規則だから。俺はその通りにするしかないんでな」

「わかりました」

誰も遊んでいない空間で、事故など起きるはずもなかったが、私はハンディを管理人に預けた。

「よし、他は何もないようだな……」

そう言いながらも、彼は、なかなか「許可」の印鑑を押さない。

「もう、入ってもいいですか？」

「ええっと、待ってくれよ。これで手続きは全部終わったはずだよな……」

何しろ数年ぶりの「利用者」なのだ。彼が手順を何度も確認してしまうのも、無理はないだろう。

「よ、よし……。それじゃあ、鍵を開けるぞ」

私はようやく、「公園」の中に一歩を踏み入れた。

フェンスに囲まれたバスケットコートほどの空間は、外から見ていた通り、地面と芝生以外には何もなく、入ったからといって、何かが変わるわけでもないし、新たな発見があるわけでもなかった。

それでも私は、公園を「利用」すべく歩いて、中央に立った。

ただ一人、立ち尽くすしかない。

だがそれが、今の公園の正しい使い方でもあった。

走ることも、座り込むことも、誰かと話すことも禁じられた公園で、架空の前衛芸術作品を前にしたように、私は立ち尽くす。

「自由で開かれた場所」であることを求められ続けた結果、「不自由で閉ざされた場所」へと行き着いた公園から、本来の主役である子どもたちの姿は消え去った。

いつのまにか管理人が、私の背後に立っていた。

「あの事件がなけりゃ、公園の遊具が危険具なんて呼ばれることもなかったし、撤去されることもなかっただろうけどな」

芝生の伸び具合を確認するようにしゃがんで、管理人が呟く。

「あの事件……とは？」

「ジャングルジムでの死亡事故だよ。五歳くらいの男の子だったかな。縄跳びの縄を手にしたままジャングルジムに上った子が足を踏み外して、運悪く縄で首を吊《つ》ったみたいになっちまってな。発見された時には、すでに手遅れだったそうだ」

管理人は、やるせなさそうに首を振った。

「それからだな。公園での子どもの事故が、連日のように報じられるようになっちまってよ」

「事故があったのなら、報道されるのは当然でしょう？」

「別に、公園での事故が急に増えたってわけじゃないぜ。子どもが遊具で怪我するなんて、毎日全国の公園で起きてた、ありふれたことだったからな。ニュースバリューがあるから報じられるようになったってだけのことさ」

報道が増えたことによって、公園の遊具が危険なものだという刷り込みがされる結果につながった。その頃から、小さな子どもを持つ主婦の間で、「危険具」という呼称が広がっていったのだ。

息子を失ったジャングルジムでの事故以来、私は公園に近寄ることを、意識的に避け続けた。二十年ぶりに訪れたその場所は、予想外の姿だった。

私たち「遺族」が、公園の遊具を撤去しろとも、公園の利用を制限しろとも言ったわけではない。だが、世論は勝手に盛り上がっていった。「良識ある人々」は、私や妻に、「危険具撤去運動」の先頭に立つことを、無言の圧力で強いた。遺族としての「あるべき」姿を押し付けられたのだ。息子の死で、ただでさえ心身が消耗していた妻を矢面に立たせるわけにはいかなかった。私と離婚し、姓を変えて姿を消すことで妻を逃がすしかなかったのだ。

「あるべき」という無意識の圧力は、公園そのものにも向けられた。「自由で安全で、万人に開かれた場所」という「あるべき」公園の理想像を求められ続けた結果、公園には、次々と禁止事項が増えていった。その結果、誰も訪れることがなくなったという矛盾を背負わされた公園は今も、「万人」という、姿の見えない「誰か」の利用を待ち続けている。

「この公園も、狭いながらも、昔はいろんな遊具があったんだぜ。あっちの角にブランコ。向こうにはすべり台。ちょうどあんたが立ってるあたりにゃ、ジャングルジムがあったな」

私は、心に浮かんだ映像を振り払うように首を振った。

息子の事故がなくとも、公園は、遅かれ早かれ、こうなっていたのだろう。息子の死は、「きっかけ」の一つに過ぎない。だが、結果的に私たちが、子どもたちから遊び場を奪ってしまったのには、変わりはなかった。

空を見上げる。遠い昔の、公園で遊ぶ子どもたちの歓声が聞こえた気がした。

歓声……。それは私の追憶の中ではなく、現実のものだった。

四方を囲んだフェンスの外、公園の周囲では、子どもたちが駆けまわっているのだ。子どもたちは今、私が子どもの頃以上に、活発に外で遊んでいる。

それには、さまざまな理由があった。

一番の要因は、都会に「空き地」が格段に増加したことだろう。

本格的な人口減少と共に問題となってきたのが、誰も住んでおらず、撤去もされない空き家の増加だった。とはいえ、更地にしてしまうと税金が跳ね上がるという税制では、どんなに廃屋の危険性が叫ばれようが、所有者が重い腰を上げることはなかった。

倒壊の危険のある空き家が全国で百万軒に達し、倒壊による負傷者が年間千人を超えるに及んで、政府も対策に本腰を入れざるを得なくなったのだ。税制改正によって更地の税金が緩和され、同時に、危険な廃屋の管理義務が強化されたことで、ようやく、廃屋の撤去は進み始めた。

同時に、所有者不明の家屋についても、自治体の権限での撤去が容易になるように制度改革がされて、危険な家屋は次々に撤去されていった。その結果としての、都心部の空き地の増加だった。

高度成長期のような「空き地」が、今は大都会でも珍しくはない。同じ空き地とはいえ、当時のそれは、成長のための一時の空白だった。だが、人口増減グラフが右肩下がりで降下している今は、コンパクトシティ化も机上の空論に過ぎず、今回の更地は、これから永遠に埋まることはない、都会の空虚だ。同じ空き地でも、見える景色の鮮やかさは、まったく異なる。

二つ目の要因は、子どもの交通事故発生件数の著しい減少だ。

車の自動運転による事故予測制動システムが高性能化して、子どもの飛び出しによる事故の危険性が減少したことが、子どもたちを解き放つきっかけとなった。

小学生を対象とした交通安全教室で、「飛び出し事故ＶＲ体験」が全児童に義務付けられ、事故の恐怖を疑似体験させたことも、親たちが安心して子どもを外に送り出す空気を醸成した。

だが、その二つの要因だけでは、子どもたちが「外に出て遊ぶ」という選択肢を選ぶことはなかっただろう。言うまでもない、ポータブルゲーム機の存在だ。

子どもたちがＷｉ－Ｆｉ電波の拾える場所に座り込んで、それぞれにゲーム機に向かっているという光景は、かつてはよく見られた。友達どうし集まっていながら、全員が俯いてゲームに熱中している姿を見て、私もため息をついたものだ。

子どもたちの目をゲームから「外」へと向けさせたもの。それは意外にも、ＡＩの発達だった。

政府と民間企業が協同して導入された生活支援型ＡＩ「Ｊ－クラス」は、ＩｏＴの普及と共に、人々の生活を大きく変化させた。日常生活に過剰に関与してくるＡＩに、「おせっかい」という批判もあるにはあったが、本人も自覚していなかった病気の早期発見から、嗜好《しこう》データを把握した上での食材の自動発注まで、着実な成果をもたらし、大方は好意的に受け止められた。

その「おせっかい」は、子どものゲームに対しても向けられた。

かつて子どもたちは、人気ロールプレイングゲームの発売日には、仮病を使って学校を休み、睡眠時間を削って、誰が最初に「約束の地」に辿り着くかを競い合ったものだ。誰よりも早くゲームをクリアしたい。だが、少しでも長くゲームを楽しんでいたい。その葛藤も、ゲームの醍醐味だった。

だが、「Ｊ－クラス」は「ゲームクリアまでの努力」を、「人間にさせてはならない、不毛な作業」として認識した。ＡＩは、純粋な「手助け」として、Ｗｉ－Ｆｉ電波を通じて、子どもたちのゲーム機の中に、「善意のウイルス」を蔓延《まんえん》させてしまったのだ。

ロールプレイングゲームの旅のキャラバンは、一度も道に迷うことなく、敵地の奥の魔王の王宮に辿り着き、捕らわれた姫を救出してしまう。レースゲームの「バグ」までもが瞬時に解析されて、裏道をかいくぐって、一瞬にしてゲームをゴールへと導いてしまうのだ。

子どもたちは、ゲームを攻略し、自らの腕を上達させてゆく喜びを失ってしまった。誰が、そんなゲーム機を手にするだろうか。

そうして、思いがけない形で、子どもたちは再び、ゲームから「外遊び」の世界へと回帰することになったのだ。

だが子どもたちは、外の世界に心を遊ばせる「公園」という聖域を失った、長い断絶の中にあった。その分断の歴史をつなごうとする大人は、誰もいなかった。

地図もなく荒野に立たされ、どちらに行くのも自由だと言われたようなものだろう。攻略本も何もないロールプレイングゲームそのものだ。ゲーム機の外までは、ＡＩも「支援」をしてはくれない。それでも、子どもたちは、自分たちの力だけで、旅立たなければならなかった。

歓声を上げて、子どもたちが空き地を駆けまわっている。鬼ごっことかくれんぼと缶蹴りが組み合わさったような、独自のルールらしいその遊びは、私にはまったく理解できなかった。

「子どもってのは、たくましいもんだな。公園っていう遊び場を失っても、ああやって、自分たちで勝手に遊びを開発しちまうんだからな」

腰に手をやって、子どもたちを見守る管理人の言葉に、私は少し救われた気がした。切り倒された大木の切株の傍らに、芽吹いたばかりの新芽を見つけたように。

公園は失われる。だが、まったく別の形で、子どもたちの自由な空間は残されたのだ。

「まあ、公園の中だろうが外だろうが、子どもたちがああやって元気に走り回ってるってことが、あの子への一番の供養になるのかもしれねぇな」

管理人は、独り言のように呟いた。プレハブ小屋の中の、執務机の前の壁には、古びた新聞記事の切り抜きが貼ってあった。息子の事故の記事だ。

「この公園も、今月末には撤去されちまうんだ。俺もちょうど六十五歳で定年だし。どっちもお役御免ってことさ」

管理人はそう言って、自らの管理し続けた公園を見つめた。

この国で最後の公園がなくなる。そんな風の噂を頼りに、私はここを訪れた。息子を失って以来、初めて私は、公園に足を踏み入れることができたのだ。

「ありがとうございました」

管理人にお礼を言って、私は外に出た。

この国はもうすぐ、公園を失う。

もちろん、公園が姿を消していったのは、苦情の増加や問題発生時の責任回避のための、国や自治体の自主規制の結果だ。

だが、本当に公園を失わせたのは、善意や良識という、「あるべき形」を押し付ける、姿のない「誰か」なのだろう。それは特定の姿を持たないが故に、時に大きく強いものだと錯覚させて、人々を、有無を言わせず従わせる力を持ってしまう。

「自由で開かれた場所」という使命を背負わされたものの、重たかったはずのその使命は、極めて空虚であった。それでも公園は、消えゆく運命に抗いもせず、訪れない「誰か」のために、ここにあり続けた。だが、それもまもなく終わる。

形あるものは、失われゆくことを偲《しの》ぶこともできる。

だが、それが失われるまでには、もっと前に失ってしまった形のないものが、たくさんあるのだろう。そのことは、忘れたくない私たち一人一人が、心にとどめておくしかない。

子どもたちは、かつてこの場所が、自分たちにとっての聖域だった歴史など知ることもなく、公園の横をすり抜け、歓声を上げて走り去っていった。
少しだけ足取り軽く、私は歩きだした。

🕮 管理人

管理人の仕事は、決まりきった行動の積み重ねだった。

私は毎日午後三時に自分のアパートを出て私鉄駅に向かい、二駅分だけ電車に乗る。駅前の歓楽街にオフィスビルが混在し、数分歩けばアパートや一戸建ての住宅が混じってくる、首都近郊のどこにでもある街だ。

まずは、駅近くのスーパーで買い物をする。ひと月前までは、都心のオフィスビルでOLとして働き、夜遅くに帰る毎日だった。平日のまだ明るい時間に買い物かごを下げて食材を選ぶ日々に、しばらくは違和感が拭えなかった。夕食と、明日の朝食のための食材を買うのだが、メニューは毎日同じなので迷うこともなく、五分もかからずに買い物は終了してしまう。

一人分のわずかな食材の入った袋を手に、クリーニング店に立ち寄る。受け取るのはスーツ、ワイシャツ、シーツと枕カバーがそれぞれ一つずつ。

両手が塞がってしまうが、そこまで来れば職場は程近い。

職場の建物には、第二高嶋《たかしま》ビルと名前がついていたが、その名を表示するものは何もない。一階部分にコンビニとレンタルビデオ店が入り、二階に歯医者と法律事務所。三階から十階までがマンションになっている、ありきたりな造りのビルだった。

名前が表示されていなくても不便はなかった。どういうわけか、私の職場を訪れる人物は、一人として迷うことはなかったからだ。それに、職場には郵便物が届くこともないし、出前を頼むこともなかった。

３０５号室の鍵を開ける。

私は、この３０５号室の「管理人」だ。六畳と四畳半の二つの部屋。小さなダイニングキッチンとバス、トイレのついた単身者むけの部屋だった。

私はさっそく「管理人」としての仕事を開始する。買ってきた食材を冷蔵庫に入れて整理し、クリーニング店から持ち帰った服をクローゼットに収納する。中にはいつも、十着のスーツ、十枚のワイシャツ、十本のネクタイ。そして十枚の下着と十枚の靴下が用意されている。サイズはさまざまだったが、スーツはすべて鼠色《ねずみいろ》だった。

引き続き、私は夕食の準備に取りかかる。メニューは焼き魚と野菜の煮物、そしてほうれん草のおひたし。毎日同じメニューだ。お湯を沸かし、野菜の下ごしらえをして、お米を研ぐ。

それだけを済ませると、時刻は五時を過ぎる頃になる。毎日決まりきった行動なので、時計を見なくとも、時間の経過はおおよそつかめるようになっていた。

五時半。チャイムも、ノックもなく、扉が外から開かれる。

私は、エプロンをはずし、「彼」を迎える。

「お世話になります」

彼は、私に小さく会釈をして、玄関に姿を見せた。

「どうぞ、お入りください」

私は微笑みを浮かべてお辞儀をする。特別な歓待でもなく、かといって事務的な手続きでもない。毎日彼らを迎えるうちに身についた接し方だった。

今日の「彼」は、四十代半ばくらいだろうか。鼠色のスーツ姿で、持ち物は黒い革鞄一つ。一日の仕事を終えて帰ってきたとでもいうように、かすかな安堵と疲労を身にまとっている。

おそらくこの部屋を訪れるのははじめてだろうに、彼は迷うそぶりもなく靴を脱いで部屋に上がり、小さくため息をついてネクタイを緩める。

「着替えはクローゼットの中に入っています。今着てらっしゃるものはお風呂場の脱衣籠に入れておいてください。すぐに夕食を作りますから、準備ができるまで、しばらくおくつろぎを。お飲み物は冷蔵庫に入っていますから、どうぞご自由に」

私の説明に、彼は「わかっていますよ」と表情で示して頷く。もう何度も繰り返してきたような、倦怠《けんたい》とやるせなさとをにじませて。

彼が部屋でくつろぐ間に、私は夕食の準備をすませ、六時半に彼をダイニングに呼ぶ。ご飯をよそい、お茶をついで、食事の世話をする。

訪れる男性のほとんどは無口で、必要以上のことを話すこともなかったが、時には世間話に興じることもあった。私は、当たり障りのない天気の話やこの街の話題を持ち出し、決して彼ら自身のことに話がおよばぬようにしていた。

男性が食事を終えると、私は食器を洗い、お風呂を沸かす。

彼は、夜の街へ出て行くということもなく、ぼんやりとテレビを見たり、持っている文庫本を開いたりと、静かにくつろいで夜の時を過ごしていた。

お風呂から上がり、彼が就寝の準備を始める頃、とりあえず私の仕事はひと区切りがつき、いったん自分の家に戻る。

翌朝六時に、私は再び３０５号室を訪れる。

朝食を作り、七時に彼を起こす。彼が洗顔をして、身支度を整えるうちに、私は朝食の準備を終える。

朝食も昨夜と同じく、決まりきったメニューだった。朝のニュースが凶悪犯罪を淡々と告げ、窓ごしの朝の喧騒が、また一日が始まることを物憂く伝えていた。

八時が訪れ、彼は「さて」と呟いて腰をあげ、クローゼットの中のクリーニング済みの背広から、自らの身体に合ったサイズのものを選んで身につけ、上着を着て、革鞄を手にする。

「お世話になりました」

「いってらっしゃいませ」

彼は、小さく会釈をして背を向ける。そうして、朝の街の雑踏の中に消えてゆくのだ。

彼を見送ると、私は皿を洗い、掃除をして、元の状態に部屋を整える。また今日の夕方に訪れる、新たな「彼」を迎えるために。

それが、管理人の仕事のすべてだった。

訪れる男性は、毎回違う。そして、同じ男性が再び訪れるということはなかった。

彼らがどこから来て、どこへ行こうとしているのか。私はまったく知らされていなかった。必要以上の会話を交わしてはいけないということは、この仕事を始める際に、管理会社から厳しく言い渡されていたからだ。

管理会社のことは、実はよく知らなかった。仕事は毎日決まりきった内容をなぞるものだったし、何か連絡がある場合は、管理会社の担当の男性に電話すれば事足りた。その男性とも、管理人の仕事を始める際に一度会ったきりだった。

この仕事に応募した日、私は３０５号室で面接を受けると同時に、ここでの「仕事」

の研修を受けた。管理会社の担当者は、まったく感情を表さずにひと通りの仕事を説明した後、最後に念押しした。

「今からお話しすることは、管理人の仕事をする上でもっとも重要なこと。すなわち、訪れる人物との接し方についてです」

「はぁ……」

「これからあなたには、毎日違う男性のお世話をしていただきます。彼らに接する際には、事務的になりすぎず、かといって馴《な》れ馴《な》れしくすることも避けてください。会話についても同様です。たずねられたことには答えてください。もっとも、彼らから話しかけてくることはめったにないでしょうが。あなたの方から彼らのことを、つまり彼らの生活や仕事、素性について尋ねることは厳禁です。違反行為が発覚し次第、契約は打ち切らせていただきます」

「彼ら、とはいったいどんな人たちなのですか？」

訪れる人物についての見当がつかない私は、説明を受けることでかえって謎が深まってしまった。担当者の返事は、にべもなかった。

「それは、知る必要はありません」

かように、管理会社のイメージは、私にとっていいものではなかったが、給料は毎月きちんと口座に振り込まれていたし、仕事自体も毎日決まったことをやっていればよかったので、文句を言う筋合いはなかった。

毎日毎日、違う男性が一人で現れた。

私は最初その部屋を、どこかの企業が地方からの出張者のためにホテル代わりに用意した宿舎なのだと思っていた。だが、彼らが一様に下げた革鞄の中はからっぽだった。仕事の書類も、名刺も、彼らが何者であるかを示すものは何も入っていない。彼らは着替えも持たずに身一つでやってきて、この部屋に備えられた服から自分のサイズに合う物を身につけ、次の朝出てゆく。

年齢も、背格好も、顔立ちもすべてが違う男性たち。ただ一つだけ共通しているのは、彼らが皆、野暮ったい鼠色のスーツを着ているという点だけだった。

彼らは、「会社員」という言葉で表現される、さまざまな男性たちの一人だった。

仕事を始めて半年ほど経った頃、その日は不意に訪れた。

三時が近づき、そろそろ家を出ようかと腰を浮かせかけた時に、電話がかかってきた。

管理会社の男性の、感情を伴わない声が告げた。

「305号室は、急遽《きゆうきよ》閉鎖が決定いたしました。申し訳ありませんが、仕事は明日の朝までとなります」

急な話だったが、従うしか術はなかった。

しばらく受話器をもったまま放心したように動けなかったが、最後だからこそ仕事をまっとうしなければと思い、気持ちを切り替えた。

電車に乗り、買い物をして、３０５号室で料理の準備をする。最後の日だからといって特別なことは何もなかったし、特別なことをするわけにもいかなかった。

五時半になり、最後の男性が現れた。五十代半ばくらいだろうか、訪れた人物の中では最高齢の部類に入る。白髪交じりの髪がきちんと七・三に分けられ、頼りがいのある中間管理職といった面持ちだった。目じりに皺《しわ》を浮かべた柔和な笑顔でお辞儀をする。

彼もまた、今までと同じ、ビジネス街や通勤列車の中で過去いくらでもすれ違ってきた、「会社員」の顔をした一人だった。

「お世話になります」

「どうぞ、お入りください」

いつもどおりのやり取りで、彼を部屋に迎える。

型どおりの説明をして、夕食を準備する。米を焚《た》き、魚を焼く、一つ一つの何気ない動作が、管理人としての最後の仕事であることを実感させた。

ダイニングテーブルに食事の準備を整え、部屋をのぞいた私は、声をかけようとして思いとどまった。窓からの風景を見ていた彼が、ポケットからハンカチを取り出し、目元にあてているのが見えたからだ。

気配に気付いたのだろう。彼は気取られぬようにさりげなくポケットにハンカチを戻し、振り向いた。

「こんな風景は、どこの街も変わりませんね」

涙の跡を感じさせぬように、笑顔を向けてくる。窓から見えるのは、雑多な店が建ち並んだ、どこにでもある裏通りの街並みだった。そんな風景の何が、彼に涙を流させたのだろうか。

管理会社からは禁じられていたが、目の前の彼のお世話で、仕事は最後なのだ。そう思い、私は心の枷《かせ》を外した。

「何か、つらいことがおありですか?」

私の問いに、彼は心配させまいとするように首を振った。だが、その瞳にふっと哀《かな》しみの影がさすのを、私は見逃さなかった。

「逢魔《おうま》が時《とき》、と言うのでしょうか……。こんな時間には、心が不安定になっていけませんね」

それ以上は何も言わず、彼は再び窓から夕暮れの街を見下ろし続けた。

私は彼の後ろ姿の、白髪交じりの髪を見つめた。彼は、もしかするともう何十年も、こうして街から街へと地を定めることなく彷徨《さまよ》い続けているのではないだろうか。それが彼の意志なのか、強制されたものなのかはわからない。だけど私は彼の背に、決して癒されることのない、そして拭い去ることもできない哀しみの影を見た気がする。

それは、この半年間私が見守ってきた「彼ら」の背中に共通する、決して語られない哀しみだった。

翌日の朝、私はいつもどおりに、彼を送り出した。

「お世話になりました」

「いってらっしゃいませ」

いつもどおりのやり取り。何も変わるところはない。それも当然だ。私にとっては「最後の一日」だったが、彼にとっては、彷徨い続ける日々のうちの「変わらない一日」にしか過ぎないのだから。

さまざまな思いを心に封じ込め、後ろ姿を見送る。しばらく歩いて、突然彼は振り返った。そうして、深く、深く、お辞儀をした。まるで、この半年間、私が迎え、送り出した人々を代表するかのように……。

私もまた、深く、深く、お辞儀を返した。

彼の姿は、街の雑踏の中へと消えていった。

こうして私は、管理人の職を失った。

数日後、たまたま第二高嶋ビルの近くを通りかかった。私の足は、自然に305号室に向かう。驚いたことに、そこにはすでに新しい住人が入居していて、表札がかかっていた。部屋番号も「３０５」ではなく、まったく違う番号だ。

奇妙な違和感と共に、周囲を見渡す。玄関脇に置かれた子ども用の遊具や日用品。すりガラス越しに見える室内の様子……。そこには、まるで何年も前から住んでいたというような生活感が備わっていた。私が半年の間そこで管理人として働いていたことも、毎日違う男性が訪れていたことも、消し去ってしまおうという強い意志が働いたとでもいうかのように。

３０５号室は消えてしまったのだ。たった一日だけこの部屋を訪れ、この街から姿を消してしまう「彼ら」と共に……。


それから私は、何度か仕事を変えた。

毎朝通勤電車に揺られることもあった。私の目の前には、鼠色のくたびれたスーツを着て、うつろな瞳でつり革につかまる会社員たちが立ち並んでいた。

駅ごとに乗り込み、降りていく彼ら。管理人の仕事をするまでは、彼らの存在に何の疑問も持たなかった。彼らは皆、朝自分の家を出て、それぞれの所属する会社に向かい、そして夜になれば再び自分の家に帰るのだと。

だが今、私は思うのだ。この中には、帰るべき家も持たず、所属する会社も組織もなく、ただ毎日毎日、街から街へと彷徨い続けている人々がいるのでは、と。

そうして、彼らが一晩の仮の宿を求める、あの３０５号室のような存在が無数にあるのではないのだろうか。

彼らがどこから来て、何を目的として、そしてどこへ行こうとしているのかはわからない。「あなたには帰るべき場所があるのですか？」なんて聞くわけにはいかない。

半年の間に出会った彼らの姿は、今はすべてが重なり合い、一人一人を思い出すことはできない。だが電車に乗っていて、時折、彼らの一人と眼が合うことがあった。ほんの一瞬だけ、彼らは寂しい笑顔を私に向ける。もしかするとそれは、私の気のせいだったのかもしれない。次の瞬間には、私たちはたまたま同じ電車に乗り合わせた赤の他人となるのだから。

だけど、私は確かに見た気がする。定まった場所を持たず彷徨い続ける彼らが背負う、諦観にも似た孤独の姿を……。


そして私は、結婚して仕事をやめた。

都心の外れのアパートを借りて、夫と二人でひっそりと暮らしている。

夫は会社員で、毎日通勤電車に乗って会社に出かけて行く。

毎朝、夫を玄関で送り出すたびに、私は不思議な感覚に見舞われる。見慣れた後ろ姿でありながら、今日限りで見納めであるかのような、そんな気分になってしまうのだ。滞りなく続く、何気ない日常。だが、ある日突然に途切れてしまうものもまた、「日常」なのだ。

今になって私は、３０５号室の管理人をしていた半年間のことをよく思い出すようになった。特別な出会いがあったわけでも、感動的な出来事があったわけでもない。それでもなぜか、あの日々、そして出会ったさまざまな男性たちの姿が、私の胸に去来する。

ありふれた街の風景と、通り過ぎる名もなき人々……。見慣れた街の雑踏の中でふと立ち止まって思う。私はどこから来て、そしてどこに行こうとしているのだろうか……。

The Book Day

四月二十二日。

日付が変わるまで残すところ一時間となった。いつもであればこの時間、街はひっそりと静まり返っていたが、今夜ばかりは家々の玄関には光が灯され、人通りが途絶えることもなかった。

とはいえ、お祭りのような賑やかさではない。皆、静かに時を待ちながら歩いていた。

それぞれに、胸に本を抱えて。

早川《はやかわ》夫妻は、午後十一時三十分にアパートの部屋を出た。四月とはいえ夜はまだ冷え込む。彰《あきら》さんはカーディガンを着て、美鈴《みすず》さんは薄手のマフラーを巻いていた。

古くから建つ一軒の家の前を通る。彰さんの大学時代の恩師の家だった。先生は五年前に亡くなり、今では奥さんの信子《のぶこ》さんが一人で住んでいた。

先生の家でも、今夜は玄関に光が灯され、門前に持ち出された縁台には、分厚い本が山のように積まれていた。並んでいるのは、学術書、研究書の類だった。

「この本は……」

見覚えのある本に、彰さんは思わず手を伸ばす。先生の著作だった。

「あら、早川さん。こんばんは」

両手いっぱいに本を抱えた信子さんが顔を見せた。縁台に「よいしょ」と本を置くと、やれやれというように腰に手を置いた。

「この本は、先生の？」

「ええ、もう五年になりますからね、そろそろ……」

信子さんは、慈しむような視線を本の上に落とす。

「私、息子夫婦のマンションで一緒に暮らすことになりましたの」

何かを押し隠すように、わざと明るい口調だった。

それが息子さんの意向であることは早川夫妻も以前に聞いていた。一人で暮らす信子さんを心配しての申し出ではあったが、家を取り壊してアパートを建てようという息子さんの思惑も見え隠れしていた。

学生時代から幾度も遊びに来ていた彰さんにとっても、この家にはたくさんの思い出があった。

彰さんの表情が曇るのを察して、信子さんはいつもの気丈な笑顔に戻った。

「さ、あとひと頑張りね。重い本ばっかりだからもう大変よ」

そう言いながらも、信子さんは、ちっとも苦にならない風だった。

「お手伝いしましょうか？」

美鈴さんの申し出に、信子さんは笑顔で首を振る。

「いいのよ、最後だから、ね」

信子さんは、美鈴さんが胸に抱えた一冊の絵本に気付いた。

「そうか、あなたたちも……」

美鈴さんが頷く。信子さんは、夜空を見上げた。

「星も出て、風もないみたいだし、絶好の『本の日』日和になりそうね」


公園には、たくさんの人が集まっていた。

芝生の上にレジャーシートを敷いて、親子で本を囲む家族。もう一度と、名残惜しげに本を開く中年男性。本を胸に抱き、思い出を確かめるように空を見上げる若い女性……。

それぞれのやり方で、静かに時を待ち続けていた。時計の長針と短針とが重なり合うその時を。

彰さんたちも、人々に交じって、絵本を抱いて公園の芝生に立つ。

「あっ、同じ絵本だ！」

男の子が、美鈴さんの胸の絵本を覗き込み、自分の本を見せた。確かに同じ絵本だった。だが、男の子の絵本は、小さな頃から何度も何度も読み返したのだろう。手ずれしていて、表紙は大きく破れていた。

美鈴さんの抱く絵本は、一度も開かれることはなかった。絵本を見ることもなく天に召された赤ちゃんを思い、美鈴さんの胸が小さく痛んだ。

「この本、破れてるけど、だいじょうぶかなあ？」

男の子は心配そうに自分の絵本の表紙を見つめる。

「ボク、あそこで直してもらっておいでよ」

図書館の臨時ブースができていて、痛んだ本の補修を行っていた。男の子は、「ありがとう」と言って元気に駆けていった。

果たされなかった命の思いを託すように、彰さんは美鈴さんの手を握り、男の子の後ろ姿を見守り続けた。

午後十一時五十分、ようやくすべての本を出し終えた信子さんは、縁台の端に腰掛け、一冊の本を手にした。見返しに捺《お》された先生の落款を、そっと指先でなぞる。先生と出逢った頃の思い出が、心によみがえった。

「デートはいっつも図書館、書店、古本屋……。私はあなたたちに嫉妬してたんですよ。

あの頃」

冗談とも本気ともつかぬ声音で言って、信子さんは本をにらみつけた。その目は、全然怒っていなかった。

「聞こえないふりですか？　都合の悪いときのあの人そっくり。やっぱり持ち主に似るのねぇ」

信子さんは、先生が好きだった曲を静かにハミングしながら、本に囲まれるように書斎に座る先生の姿を思い返していた。


四月二十三日。

零時の訪れと共に、一斉にサイレンが鳴り響いた。遠く港からは、船の汽笛が物憂く伝わってくる。

気の早い本は、すでにゆっくりと羽ばたきを開始していた。サイレンの鳴り止《な》《や》んだ街が、本の羽音に満たされていく。

やがて、一冊、また一冊と、本たちは、夜空の高みへと上っていった。

何度も飛んでいる古参の本は、ぎこちない羽ばたきの初飛行の本を見守るように、上空を旋回していた。

美鈴さんの胸で、絵本は、周りの様子をうかがってもぞもぞと動きだしていた。名残惜しく胸に抱えたままの美鈴さんに、彰さんは優しく肩に手をかけて促す。

「さあ、そろそろ……」

美鈴さんは、しばらく躊躇するように眼を伏せていたが、やがて静かに頷いた。

二人は両手をつないで、その上に絵本を置いた。束縛から解放された絵本は、伸びをするように表紙を大きく開く。自分が「飛べる」ということが、受け継がれた記憶の中から呼び覚まされたのだ。

羽ばたいて、何度か宙に浮くが、自信がないのか、なかなか飛び立てずにいる。

「頑張って！」

初めて歩く赤ん坊を励ますように、二人は見守り続けた。

上空を旋回していた本の一冊が舞い降りてきて、二人の周囲を優雅にひと回りした後、絵本の横で静かにホバリングした。その本の表紙には、大きな補修の跡があった。あの男の子の絵本だった。

男の子が駆け寄ってきた。

「ボクの本も飛べたんだ。おまえもきっと飛べるよ！」

二人の腕の上で絵本は、男の子の励ましに勇気付けられ、再び羽ばたいた。

次第に力を増し、絵本は目の高さに達した。そうして、さよならを告げるようにひときわ大きく羽ばたくと、男の子の絵本に先導されて、夜空に舞い上がった。名残を惜しむように何度か上空を旋回した後、絵本の群れへと迎えられ、その姿は判然としなくなった。

男の子は、手を振りながら、本の飛び行く方向へと駆けて行った。

「遠くまで飛ぶのかな」

美鈴さんは、初めて旅立った絵本の行く末を思い、不安げな表情だ。彰さんは、美鈴さんの手を強く握った。

「きっと、新しい持ち主の元にたどりつくよ。あの子みたいに、元気な男の子かな」

二人は、遠く旅する絵本の無事を祈り、いつまでも夜空を見上げ続けた。

先生の蔵書は、縁台の端から順序よく並んで飛び立っていった。隊列を乱さず、一定間隔で上っていく様は、先生の蔵書らしい几帳面《きちようめん》さだった。

信子さんは縁台に座って、その姿を眼に焼き付けるようにして見守っていた。一冊一冊の本が、先生との日々を思い起こさせた。

本の隊列が夜空に消えてしまうと、信子さんは一つ、小さなため息をついた。あらためて夜の冷気に襲われて、ストールを巻き直して身を縮める。

縁台に視線を落とし、一冊だけ、まだ飛び立たずに残っている本があることに気付いた。

それは、先生の著作だった。

「さ、あなたも、お行きなさい」

本は、自分だけは残るんだと言わんばかりに、動こうとしなかった。信子さんは、先生に見つめられているようなせつなさに包まれたが、それを振り切って言った。

「私は、大丈夫ですよ。さ！」

語気を強めると、本はあわてて羽ばたきを開始した。信子さんに怒られた時の先生のあわてぶりとそっくりだったので、思わず笑ってしまった。目じりに浮かんだ涙を、本に気取られぬようにそっとぬぐう。

しばらく躊躇を見せて、本は空中で行きつ戻りつを繰り返したが、やがて一気に空に舞い上がり、夜の闇に消えていった。

信子さんは、夜空を見上げて穏やかに笑った。本は失っても、先生との思い出は変わらず信子さんの中にあった。そしてこれからもずっと……。

先生の好きだった曲を、信子さんは静かにハミングし続けた。

今宵《こよい》、世界の空は、旅立つ本に満たされていた。

ひときわ高い位置を飛ぶ群れは、役目を終え、本の墓場へと自ら向かうものたちだろう。本の墓場がどこにあるかは、今も人々には知られていない。傷つき、羽折れながらも高く、高く飛び続ける姿には、それぞれ孤高の美しさがあった。

新たな持ち主へと長い旅を続ける群れは、互いに励ましあうように隊列を組み、羽ばたき続けていた。

旅立ちの不安と戸惑い、新たな持ち主に出会える期待と喜び。それらを自らの羽ばたきに込めて、力強く、そして懸命に。

国境を越え、他国から飛び立った本と合流する。高々度の気流に乗って波高き海を渡り、タイガの森を越え、月夜の砂漠に影を落として、彼らの旅は続く。

世界中の人々が空を見上げ、旅する本を祈るように見つめていた。飛び立った本の無事を願い、新たに訪れる本と出会える時を待ちわびながら。

解説

北村浩子

高校の頃、たまに発売される（感じの）不思議な雑誌を読んでいた。

気がつけば新しい号が発売されていた。おそらく季刊、隔月刊というようなペースだったのだと思う。

手に取りやすいちいさいサイズの、その雑誌の名前は「ショートショートランド」といった。ファッション誌や音楽情報誌など、当時は雑誌を読むのが最大の娯楽だったので、書店へ行き「ショートショートランド」があると必ず買った。ミステリもＳＦも、ホラーもファンタジーも童話もあった。人気俳優が「三題噺《さんだいばなし》」のお題を出し、作家がそれにチャレンジするというユニークな恒例企画も面白かった。隅から隅まで読んだあと、本好きの友達に貸した。

自分もなにか書けるかもしれない。影響を受けた。「神様の娘」の話を書いた。

「娘」は、人間の魂の選別という「父」の仕事を手伝っている。「娘」はあるとき、特定の死因によって天国へ来た魂がほかのものより美しいことに気付く。自分の周りに

「美しいもの」をたくさん置いておきたくて、「娘」は地上に降り、その死因が増えるよう人の世をコントロールし始める。そして――。

そんな話を書いたことを何十年かぶりに思い出した。今、この『名もなき本棚』を読み終え、当時のわたしと同じような気持ち――何か書いてみようという気持ち――になっている方もいらっしゃるかもしれない。掌編や短編は面白いだけでなく、人にそう思わせる力もある。

不条理で不可思議で、普通でないことが普通になっている世界。三崎亜記の作品を読むと、その設定のバリエーションの豊富さに、毎回ため息をついてしまう。

作品に共通する（あるいは再登場する）アイテムや現象を見出《みいだ》すのも楽しいし、不穏な空気にどっぷり浸る快感も約束されている。長く追いかけてきたファンをもてなしてくれる、スピンオフや姉妹編もある。なんと言っても、あり得る／あり得ないの境目を行ったり来たりするような読み心地がたまらない。

三崎亜記の掌編。ページをめくる前から分かっていた。そりゃもう、絶対面白いよね。わくわくしながら全十九編を味わった。

オープニングは「日記帳」。名も知らぬ誰かがそれぞれの毎日を生きている証拠を手渡された「私」は、リレーの一員となってささやかな生活の一端を書き綴《つづ》る。

自分事を記録するのは〈決して特別ではない私たちの日々が、「それほど捨てたものじゃないんだ」と思わせてくれる〉行為だ、と「私」は思う。言葉は、時間や気持ちなど通り過ぎてゆくものをつかまえ、表出させる手段だ。書くことで人は自分という存在を確かめられる。その事実と喜びを伝える、静かなファンファーレのような掌編だ。

「部品」は、ああこの感じ、これが三崎亜記だと思わせてくれる要素が詰まっている。成り立っているようで何かがずれている会話、説明されればされるほど見えなくなる核心、知らないところで何かが起きている予感、不安を払拭するため自分を納得させようとする態度……得体のしれないこわさを書く作家は多いけれど、三崎亜記のこわさを生んでいるのは「予《あらかじ》め疑問が排除されている空気感」なのだと思う。

その類《たぐい》のこわさは「ゴール」にもある。裏通りの空間に、横断幕と「ゴール」が出現する。何のゴールなのか係員すら知らない。

「スタートした以上、ゴールを目指すしかないではないですか」

ある男性が口にする言葉の前向きさにぞくっとする。とにかく目指すのだ、理由はない、問いは受け付けない、それがこわい。

「とにかく、君の情報が流出している」「君自身は、詳しく知らない方がいいんじゃないかな」

　上司にそう言われた男の困惑と恐怖を描いた「流出」も、主人公の会社員の問いは徹底的に受け付けてもらえない。何もかもが分からないまま、勝手に痛めつけられ勝手に解放される。

〈もしかすると俺は、俺が思っているような「俺」ではないのだろうか？〉

　この「流出」のラストの自問が変奏的に入れ込まれているのが、単身赴任の夫の様子を知りたくなった妻が思いがけないものを発見する「ライブカメラ」、そして中学の国語の教科書に採用されたこともある「私」だ。

「私」の語り手は、市役所の職員。彼は女性市民からの苦情に対応する。その女性の個人情報を市が二重登録してしまい、片方を消したところ、彼女は「消された方のデータが私だ」と主張したのだ。要求通りにもう一方のデータを復元し、市民を納得させた職員は、対応の適切さを心の中で自画自賛しながらこう思う。

〈私が「私」であるということを証明できるのは、こうして役所にデータがあるからこそだ〉〈データがなくなってしまったら、「私」という存在そのものも消えてしまうのではないだろうか？〉

　そう思索しつつ、彼は自分の身に類似の出来事が起きたとき〈どちらが消えようが、同じ「私」なのだ。何の問題もない〉とシンプルに考えてしまうのだ。すとん、と幕が下りた、そんなイメージが浮かぶ。

ちなみに「役所もの」は、三崎作品におけるひとつのカテゴリーだが、そのシニカルな魅力を存分に味わえるのが「緊急自爆装置」だ。〈自由に自爆する権利〉のある社会で、市役所内に緊急自爆装置が置かれる。広報の文案が検討され「お気軽に自爆できます」という一文に課長が軽く懸念を示す。読んでいるこちらは、お気軽、と、自爆、という言葉の乖離《かいり》にぎょっとするのだが、課長が気にするのは、税金で購入する消耗品だから無駄遣いを推奨するような表現になってはいけない、という点なのだ。部下ももちろん納得する。このあとの展開にも公務員がとるべき態度についての考察が挟まれ、同時にユーモアがどんどん黒さを増していく。

このように「公的な感覚」を織り込むことで恐怖と笑いは表裏一体だと示すやり方は、三崎亜記ならではだ。

そう、恐怖と笑いはときに同じ顔をしている。計算式がユニークな「妻の一割」、この作品集の中で最もホラー度が高い「回収」はその見本のような作品だし、ラストの反転が見事な「確認済飛行物体」「闇」は、読者がミステリアスな短編・掌編に期待する驚きを存分に提供してくれる。一方「きこえる」「街の記憶」「公園」「管理人」は、さまざまな形の喪失がもたらす感慨を、それぞれ違った色合いで描き出している。

「公園」の語り手はこう思う。〈形あるものは、失われゆくことを偲《しの》ぶこともできる〉〈だが、それが失われるまでには、もっと前に失ってしまった形のないものが、たくさんあるのだろう〉〈そのことは、忘れたくない私たち一人一人が、心にとどめておくしかない〉

彼は〈少しだけ足取り軽く〉公園をあとにする。なくなる、という変化は淋《さび》しさを誘発するけれど、ほのかに温かい余韻が残ることにほっとする。

寒い季節に温かさが添えられているのは、ショーウィンドウの中の女性と彼女を見つめる男性のファンタジー「スノードーム」。また、雪とクリスマスというシチュエーションが「スノードーム」と重なる「待合室」は、ある本が主人公の苦しみと悲しみを癒し、人の手を通して旅立っていくという美しい物語だ。

そして、文字通り旅立つ本が主役の「The Book Day」は、掉尾《ちょうび》を飾るにふさわしい一編だ。さまざまな人に愛された世界中の本たちが、役目を終えて空へ飛び立つ。永遠の眠りの場所へ向かうもの、新たな持ち主の元へいつかたどり着くもの。本ははばたきの姿を想像できるフォルムだなあと思いながら、真夜中の空を本が群舞する光景を思い浮かべる。

本を手放すのは、心をちぎられるようなものだ。特に、思い出の詰まった本を捨てなければならないのは、たまらなくつらい。でも「彼ら」が表紙を広げ飛び立って行ったら、きっと幸福感に包まれるだろう。失うことはなくすことではないと思えるだろう。

この作品集にはもうひとつ、本にまつわる物語がある。

〈一ヶ月前のその朝、不意に、朝のエレベーターに乗りたくなくなってしまったのだ〉

朝の自分は不機嫌だから、その顔を同僚に見られたくないから、会社員の「私」は、もっとも奥まった位置にある非常階段を選んで二十階まで上る。十七階と十八階の間の踊り場にはなぜかちいさい本棚があり、「私」はあるとき、本を入れ替えている男性と遭遇する。

どうしてこんなところに本棚があるのかと尋ねる「私」に、男性は、見えていないだけで、同じような本棚は街にたくさんあるのだと答える。いつか誰かが必要とした時のために、自分は本を準備しているのだと。

いつか、誰かが、必要とする。その不確かさを「私」は信じることができない。そのために本棚があちこちに置かれているなんて、そんなことあるんだろうか――?

「私」の疑問はもっともだ。本は、分かりやすく必要とされるものではない。「必要」という言葉は、本にとってはすこし大きい。

だからこそ「そこ」に、あるべきなのだ、と思う。男性が「君が君として生きていることに、価値はある」と言う場面があるが「本が本として存在することに、価値はある」と言い換えてもいい。

この文庫も、「そこにあったから、なんとなく」「手頃な厚さだったから」「たまたま本屋で見かけたから」「掌編集で、読みやすそうだったから」手に取った方もいらっしゃると思う。そうやって出会い、読まれ、誰かの時間をさまざまに彩る。それはすなわち、この『名もなき本棚』という一冊の本が存在した、たしかな意味だ。

――読者というあなたが読んだ、そのことでこの本は「必要とされた」んだ。

本を入れ替える男性が、そう言っているような気がする。


（きたむら・ひろこ　書評家）

本書は、集英社文庫のために編まれたオリジナル文庫です。

初出

「日記帳」「小説すばる」二〇〇五年十月号
「部品」「小説すばる」二〇〇八年一月号
「待合室」「小説すばる」二〇〇八年十二月号
「ライブカメラ」「小説すばる」二〇〇九年四月号
「確認済飛行物体」「小説すばる」二〇〇九年十二月号
『量子回廊　年刊日本ＳＦ傑作選』
（創元ＳＦ文庫、二〇一〇年七月刊）に収録
「きこえる」「小説すばる」二〇〇五年五月号
「闇」「小説すばる」二〇一〇年十二月号
『短篇ベストコレクション　現代の小説２０１１』
（徳間文庫、二〇一一年六月刊）に収録
「スノードーム」「小説すばる」二〇〇七年十二月号
『不思議の扉　ありえない恋』
（角川文庫、二〇一一年二月刊）に収録
「私」「小説すばる」二〇一一年十二月号
『短篇ベストコレクション　現代の小説２０１２』

（徳間文庫、二〇一二年六月刊）に収録
「名もなき本棚」「ダ・ヴィンチ」二〇〇七年六月号
「回収」「小説すばる」二〇〇九年九月号
「ゴール」「小説すばる」二〇一四年一月号
「妻の一割」「小説すばる」二〇一二年十二月号
『短篇ベストコレクション　現代の小説２０１３』
（徳間文庫、二〇一三年六月刊）に収録
「街の記憶」「パピルス」二〇〇七年八月号
『スタートライン　始まりをめぐる19の物語』
（幻冬舎文庫、二〇一〇年四月刊）に収録
「緊急自爆装置」「小説すばる」二〇一四年十二月号
『折り紙衛星の伝説　年刊日本ＳＦ傑作選』
（創元ＳＦ文庫、二〇一五年六月刊）に収録
「流出」「小説すばる」二〇一六年十二月号
『短篇ベストコレクション　現代の小説２０１７』
（徳間文庫、二〇一七年六月刊）に収録
「公園」「小説すばる」二〇一七年十二月号
『短篇ベストコレクション　現代の小説２０１８』
（徳間文庫、二〇一八年六月刊）に収録

「野性時代」二〇〇六年十二月号
『本からはじまる物語』
（メディアパル、二〇〇七年十二月刊）に書き下ろし
『本からはじまる物語』
（角川文庫、二〇二二年三月刊）に収録

「管理人」

「The Book Day」

本文デザイン／高橋健二（テラエンジン）

三崎亜記の本

となり町戦争

ある日、突然に始まった隣接する町同士の戦争。公共事業として戦争が遂行され、見えない戦死者は増え続ける。現代の戦争の狂気を描く傑作。文庫版のみのサイドストーリーを収録。

集英社文庫

三崎亜記の本

廃墟建築士

廃墟は現代人の癒しの空間。だがある時、「偽装廃墟」が問題となり……表題作ほか、ありそうでありえない建築物を舞台に繰り広げられる、不思議で切ない三崎ワールド全四編。

集英社文庫

三崎亜記の本

逆回りのお散歩

地方都市A市とC町の行政統合を目前に控え、聡美はネット掲示板で、陰謀説まで飛び交う激しい議論が起こっていることを知り――。インターネットから始まる〈見えない戦争〉とは。

集英社文庫

三崎亜記の本

手のひらの幻獣

動物のイメージを現実に「表出」する異能力を持つ日野原柚月。ある日、できたばかりの新研究所を警備する業務を任されるが……。異能者たちをめぐるパラレルワールドストーリー！

集英社文庫

名《な》もなき本棚《ほんだな》

2022年7月25日　第1刷　　定価はカバーに表示してあります。

著　者　三崎亜記《みさきあき》
発行者　徳永　真
発行所　株式会社 集英社
東京都千代田区一ツ橋2-5-10　〒101-8050
電話　【編集部】03-3230-6095
【読者係】03-3230-6080
【販売部】03-3230-6393(書店専用)
印　刷　凸版印刷株式会社
製　本　凸版印刷株式会社

フォーマットデザイン　アリヤマデザインストア　　マークデザイン　居山浩二

ISBN978-4-08-744413-1 C0193